栞與紙魚子④

諸星大二郎

栞與紙魚子④

目次

是乃夫人的茶

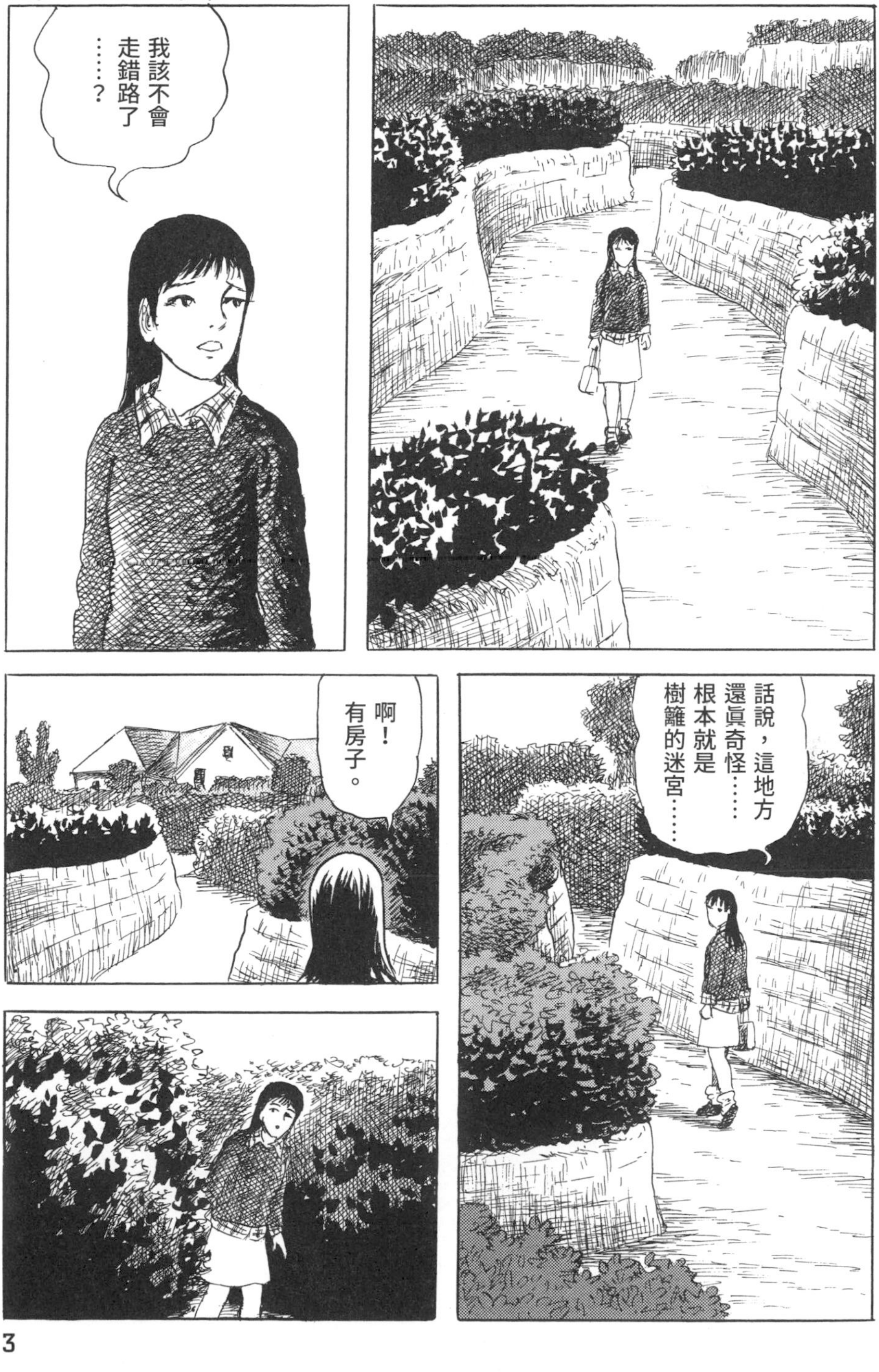
我該不會走錯路了……？
話說，這地方還眞奇怪……根本就是樹籬的迷宮……
啊！有房子。

是乃夫人的茶

是乃夫人的茶

哇！不好意思！這裡是您的庭院嗎？
別在意，不介意的話，要不要進來休息一下？
那段樹籬路彷彿迷宮，我從散步道走進去後就迷路了……
那條路的確很容易讓人迷失方向，不時會有人像妳一樣，迷路來到這裡。
呃——……我其實不是這座町的居民。
我住在S區的沙忽町。
哎呀？特地大老遠過來散步嗎？
聽朋友說這一帶有條很不錯的散步道，才過來的……
是的……我朋友說只要走在那條散步道上，就會不知不覺來到奇妙的地方……
心境也會變得很不可思議……呃……該怎麼說……

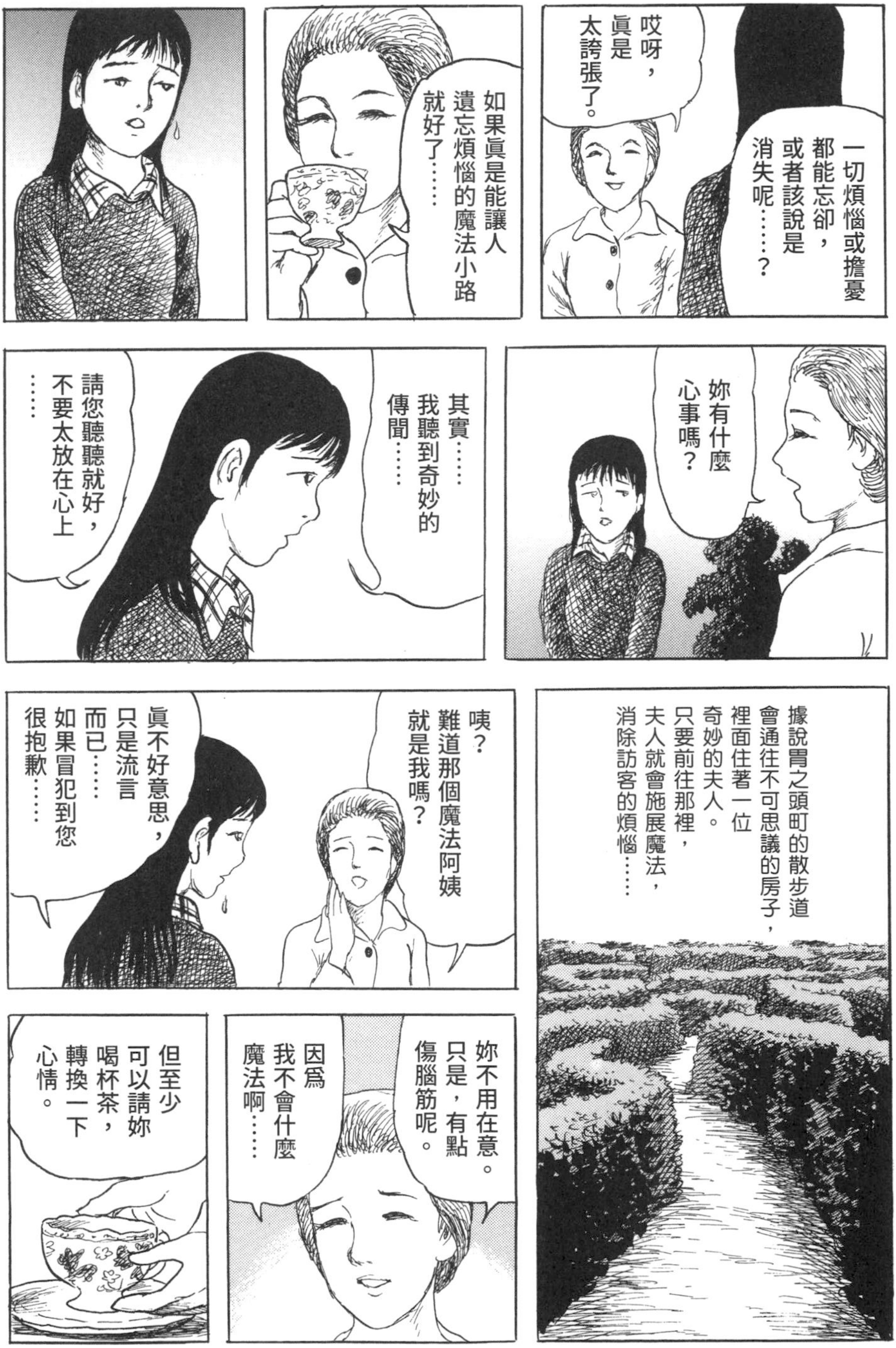
一切煩惱或擔憂都能忘卻，或者該說是消失呢……？
哎呀，眞是太誇張了。
如果眞是能讓人遺忘煩惱的魔法小路就好了……
妳有什麼心事嗎？
其實……我聽到奇妙的傳聞……
請您聽聽就好，不要太放在心上……
據說胃之頭町的散步道會通往不可思議的房子，裡面住著一位奇妙的夫人。只要前往那裡，夫人就會施展魔法，消除訪客的煩惱……
咦？難道那個魔法阿姨就是我嗎？
眞不好意思，只是流言而已……如果冒犯到您很抱歉……
妳不用在意。只是，有點傷腦筋呢。
因爲我不會什麼魔法啊……
但至少可以請妳喝杯茶，轉換一下心情。

是乃夫人的茶

外頭的風變冷了，進屋裡坐坐吧。
說不定可以暫時忘卻心事。
夫人，客人有東西忘記帶走了。
是嗎……？眞傷腦筋。像那樣的訪客幾乎都會落下東西在我們家呢……

您好——……
哎呀……有什麼事嗎？
是關於四月左右的事……
請問我朋友是否造訪過這裡呢？
她名叫澤本冬美，是個纖瘦的長髮女孩……
哎呀，她來過喔。她說自己迷路了，我便招待她喝茶小憩。
妳是她的朋友嗎？
是的，我是青木夏子。
不好意思——再冒昧請教一件事，冬美是不是有東西遺落在府上呢？

是乃夫人的茶

果然呀？我隱約就這麼覺得。
請問……冬美小姐很困擾嗎？
這個嘛……我也不太確定……
該怎麼說才好……？
如果不介意，要不要進來喝杯茶？
好的。
冬美前陣子一直爲家人的事煩心。她爸爸沉迷於酒精，完全不工作……
家計的重擔落到她媽媽身上，卻因太過操勞而精神衰弱……
甚至連弟弟都開始抗拒上學……
我無法幫她什麼，就招待她忘卻煩憂的茶，希望至少能讓她振作精神。
就是現在流行的……是叫芳香療法嗎？
您聽她說過這些事嗎？
沒有呢。原來是這樣啊。她只說過是有關家人的煩惱……

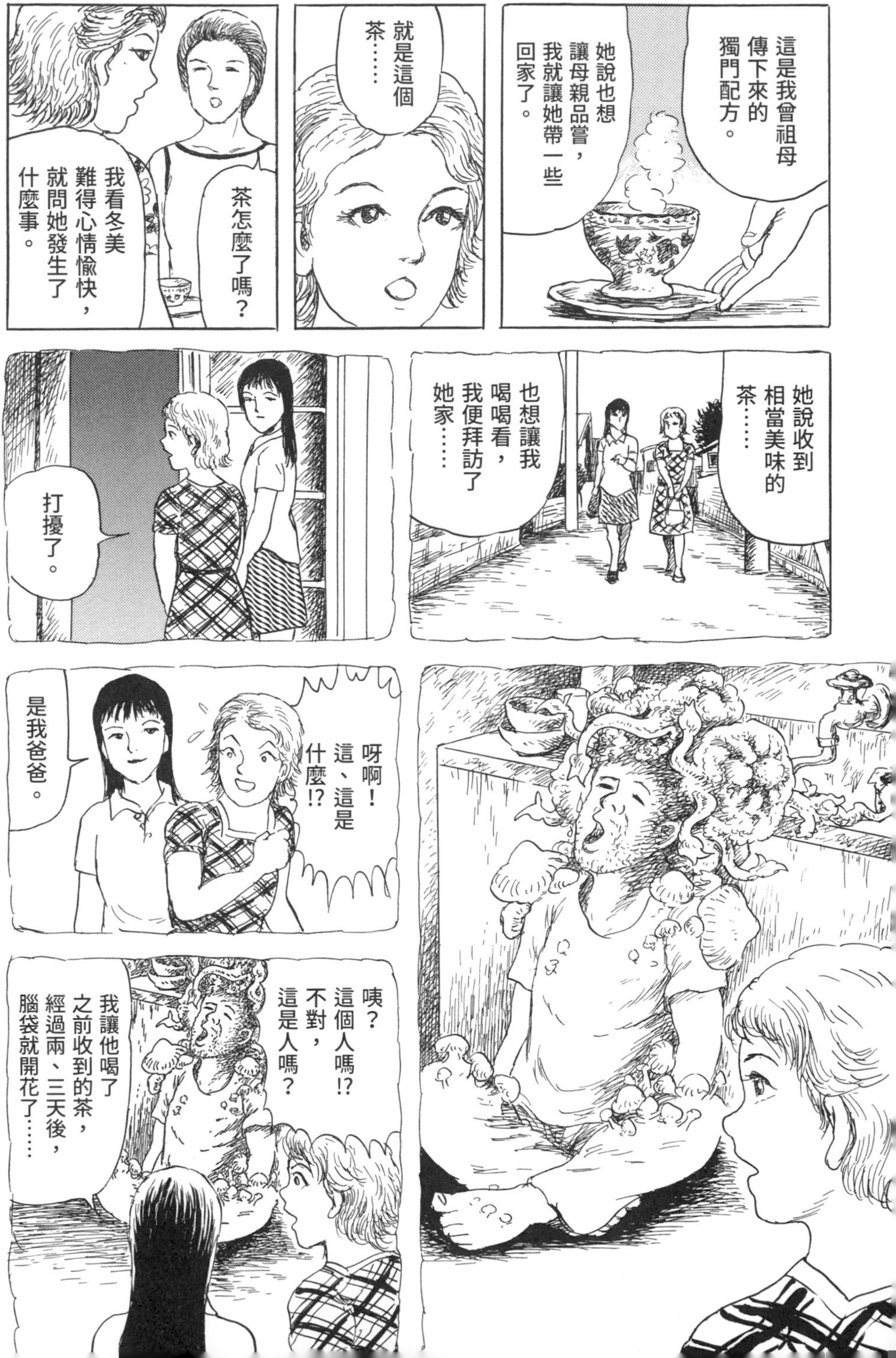
這是我曾祖母傳下來的獨門配方。
她說也想讓母親品嘗，我就讓她帶一些回家了。
就是這個茶……
茶怎麼了嗎？
我看冬美難得心情愉快，就問她發生了什麼事。
她說收到相當美味的茶……
也想讓我喝喝看，我便拜訪了她家……
打擾了。
呀啊！這、這是什麼!?
是我爸爸。
咦？這個人嗎!?不對，這是人嗎？
我讓他喝了之前收到的茶，經過兩、三天後，腦袋就開花了……

又過了十天左右，就變成現在這樣。妳看，花朵長出枝管、流出像水一樣的液體吧？
似乎是從花朵內部釀造出酒水，再餵給自己喝。
他現在幾乎整天都像這樣，彷彿睡著了。
不但不花錢，也不會喝醉施暴，實在是太好了。
可、可是……吃飯怎麼辦？
他不需要吃飯，可能是把廚房的廚餘當成了肥料吧。
爸爸偏好潮濕的地方，媽媽和弟弟則待在日晒良好的窗邊。
只要讓他們喝茶，過沒多久就變成這副模樣，整天都意識不清。
妳找醫生了嗎？
爲什麼？我媽現在這樣就不用去打工，也不會精神衰弱了啊。
妳看，她一副無憂無慮的表情。連我弟也不出門和不良少年鬼混了……

來，喝吧，能讓心情煥然一新喔。
我……還是算了……
爲什麼？我天天喝也沒事啊。
不光家裡的煩惱消失，每天心情都很好啊，只是……
怎麼了？
我有時會相當在意一件事……
我好像有東西忘在那棟房子了……但一直想不起來是什麼……
……事情就是這樣……您送給冬美的到底是什麼茶……？
咦？我第一次聽說這種事。
在我家喝茶的時候，明明我自己和客人都不會腦袋開花呀……
竟然有那樣的副作用嗎？
請問……這杯茶該不會……？
哎呀，不是的。但到底是怎麼回事呢……
要是辦得到，讓他們恢復原狀比較好嗎？
冬美是說現在這樣就好了……

只不過……
雖然冬美看起來確實擺脫煩惱了……
但她變得經常恍神……或者該說是沒什麼精神嗎……？
那也是茶的緣故嗎？
更重要的是……冬美自己也在意的失物，究竟是什麼呢？
我在想，會不會是很重要的東西……
我也不清楚。對了，來問問嗆左衛門吧。
夫人，請問有何貴幹？
四月的時候，不是有個女孩來我們家喝茶嗎？
當時你說她有東西忘了帶走。你知道是什麼嗎？
小的並不知道。
因爲那類東西大多讓人不太明瞭……
畢竟連失主自己都不知道是什麼了嘛……
既然如此，請客人親自去找找如何？
這點子不錯。妳應該認得出朋友的東西吧？
可以嗎？那我就打擾了……

嗷嗚！
呀啊！
約翰！不可以！乖，快到吃飯時間嘍！
噹兵衛先生——約翰就拜託了！
客人，妳稍等我一下！約翰！過來這裡！
不用擔心，牠不太會吃人。
請問，妳們住在這裡嗎……？
不是，我們只是偶爾幫忙帶約翰散步……
那麼，妳們知道些什麼嗎？我朋友在這裡被招待了「忘卻煩憂的茶」……
忘卻煩憂的茶？
該不會是那個茶吧？我聽段老師的太太說過，雖然對舒緩心情很有效，但喝不慣的人最好不要嘗試。

是不是除了煩惱，還會忘記其他事情？
這個嘛……我們也不知道……
總之，妳最好不要太深入那棟房子。
是嗎……謝謝妳們。
好寬敞啊。冬美上次進了哪個房間呢？
她沒進過任何房間喔。

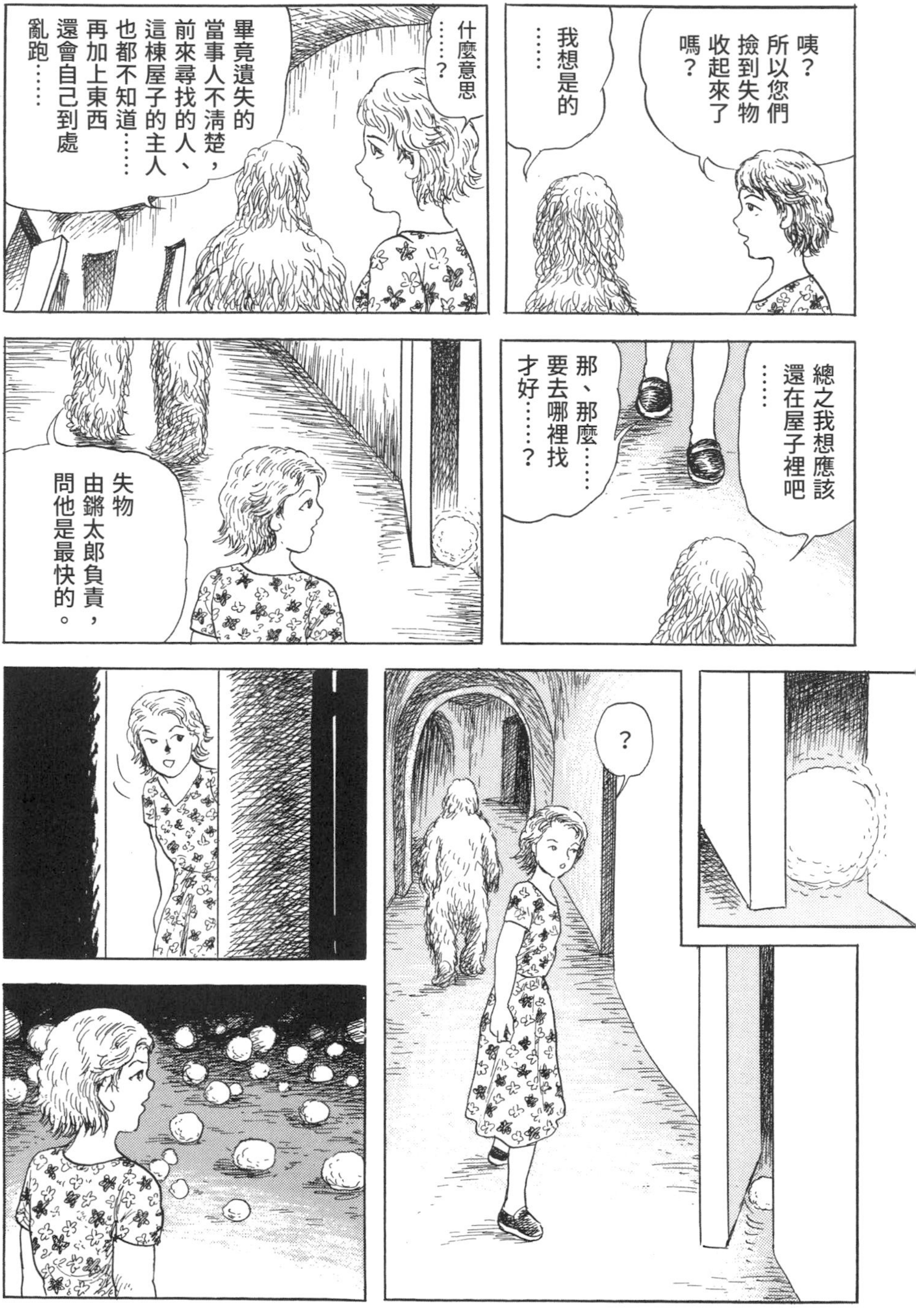
咦？所以您們撿到失物收起來了嗎？
我想是的……
什麼意思……？
畢竟遺失的當事人不清楚，前來尋找的人、這棟屋子的主人也都不知道……再加上東西還會自己到處亂跑……
總之我想應該還在屋子裡吧……
那、那麼……要去哪裡找才好……？
失物由鏘太郎負責，問他是最快的。
？

這是什麼……？
東張西望可是會迷路的喔。
咦？
這些毛茸茸的東西是什麼？生物嗎？
有些還有臉呢。
つつ…
しくしく
しくしくしく

(滾……)

(嗚嗚嗚)

(嗚嗚)

（滾……）
つつつ……
我迷路了嗎？噹左衛門先生……？
（嗚嗚）
しくしく
咦……？
呵呵呵呵
哈啊——
哈哈哈哈
啊啊——
嗚嗚嗚嗚
嘰嘰
哇哇啊啊——
嗚嗚——

ザ
ザ
ザ
ザ
ザ
ザ
(沙沙沙沙沙沙)
咦？

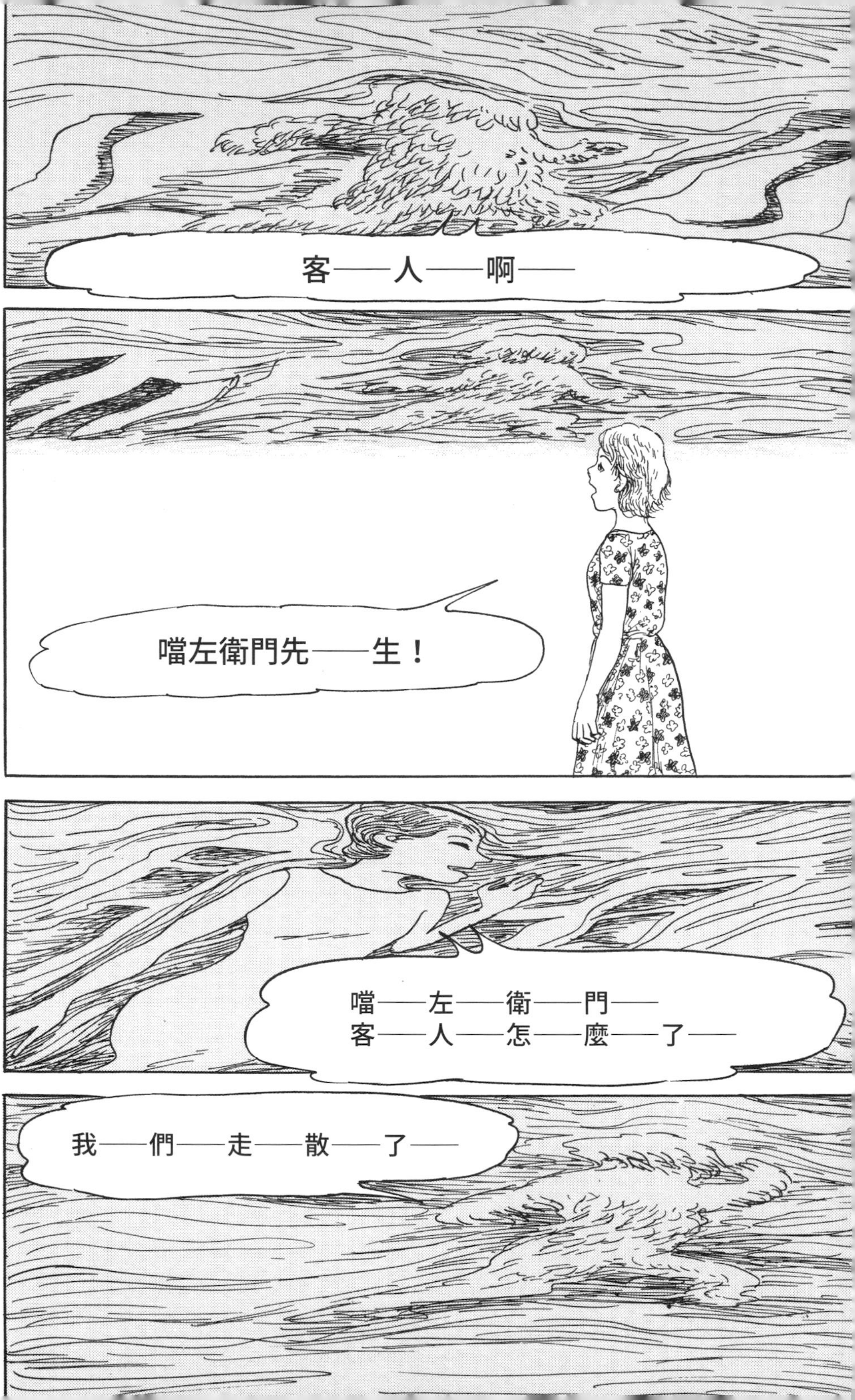
客——人——啊——
噹左衛門先——生！
噹——左——衛——門——
客——人——怎——麼——了——
我——們——走——散——了——

這房子究竟怎麼了……？
啊……有門……
ぐにゅ
（塌陷）
ビクッ
（嚇）
好痛！
誰啊？在我午覺睡得正舒服的時候踩了我的小腿……
請和書本保持水平，從側面觀看本頁。

グネ
グネ
グネ
(黏膩)
(黏膩　黏膩)
對、對不起……我不知道這種地方會有腿……
咦？沒見過妳。該不會是客人？
是的……請問……您就是鏘太郎先生嗎？
大概是吧。我不是鏘右衛門的話就會是鏘太郎。
客人怎麼獨自來到這種地方？噹左衛門呢？
抱歉，是噹左衛門先生帶我來的，但我們走散了……
眞沒辦法。妳第一次來這屋子嗎？
是的。呃……我是來幫朋友尋找失物的……您有頭緒嗎？
原來是丟了東西啊。來訪的客人經常如此……

我算是有頭緒，但也不太篤定。總之，碰運氣賭賭看吧？
這裡面有妳要找的東西嗎？
請問……剛才我也看到它們了……那究竟是什麼？
是各種客人遺落的失物，我們很傷腦筋呢。
這些是失物？冬美遺落的也是這種東西嗎？
我可不知道，又不是我掉的。
反正妳是她的朋友，應該一眼就能認出來吧？
不只毛茸茸的東西而已，也有像那樣的失物，妳仔細看啊。
好、好像不在這裡……
那去別的房間試試手氣吧？

從房子外面看不出來裡面這麼寬敞。總共有多少個房間呢？
不知道……我從來沒數過……
那個好像變形蟲。
這個好噁心。
咦？有東西跟過來了。
有時也會發生這種事。如果妳找不到朋友的失物，不如帶一個回去？
可是……這不是冬美的東西……
它們……原本是什麼？人類的一部分？
天曉得……我猜有各種東西吧。
當中有些失物可能是懷念自己原本的模樣，便會像這樣跟在別人身後……
也有些看起來就像人類。

妳看那邊。
它們本來分別屬於不同人的失物，但或許是性格合拍，如今總是黏在一起。
假裝彼此是一家人在過生活，可能是還保有過去的記憶吧？
竟然有這麼多人在這裡丟了東西嗎？
夫人就是太好心了，不管來的是誰，都會招待進屋裡喝茶……不知不覺就累積了這麼多呢。
每個人都會遺落什麼東西嗎？
會留下各種東西喔。也有人在這裡丟了靈魂。
咦？這麼重要的東西也會丟失？
既然都忘在這裡了，想必不是太重要吧？
ガフ
ガフ
（吞嚥）
ガフ
ガフ
總之，我得先清理一下。
其中也有些凶殘的失物，真希望它們的主人能回來帶走啊。

要是放著不管，會被夫人責備的……
ゴー
（轟——）
怎、怎麼好像很可憐……
會嗎？它們只是看起來像生物而已喔。
好痛！
ガブ
（咬！）
啊！這是我以前遺落的東西。
鏘太郎先生原本也是人類嗎？
妳的意思是，我現在不是人類嘍？
啊！抱歉！因爲實在看不出來……
算了，或許就像妳說的吧。我來這裡之後就忘了許多事情……
不但想不起自己的面貌，也忘記說話的方式。
每天都被取新的名字，卻馬上又記不得了。

ドサ
ドサ
（沙沙）
這裡有嗎？
要、要一個個找嗎？
在這裡的都是比較久以前的失物了，我想可以不用往深處找。
喔！這個是……
這是噹左衛門的失物哪！哈哈哈！那傢伙的臉長這樣啊？

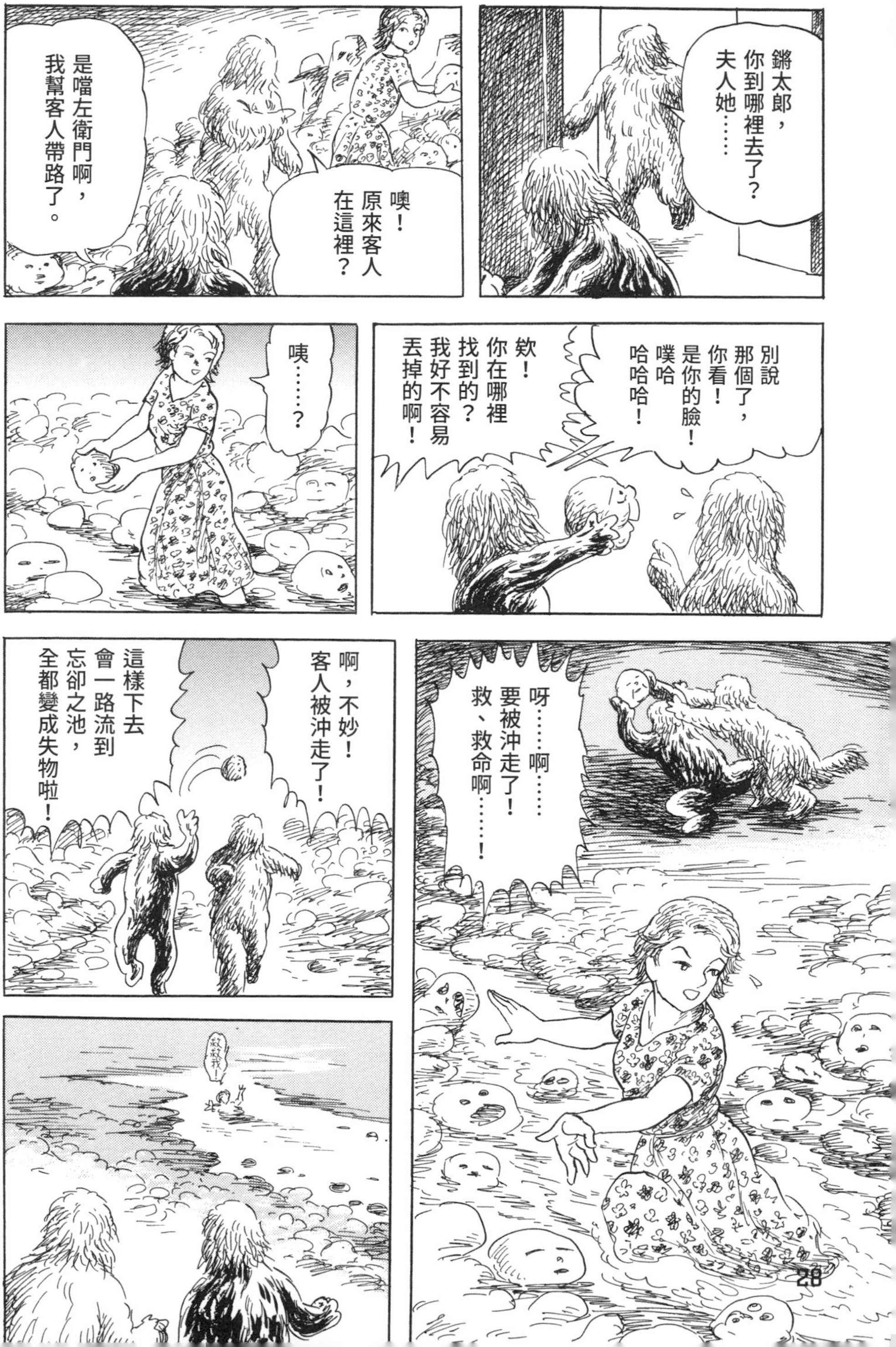

鏘太郎，你到哪裡去了？夫人她……
噢！原來客人在這裡？
是噹左衛門啊，我幫客人帶路了。
別說那個了，你看！是你的臉！噗哈哈哈哈！
欸！你在哪裡找到的？我好不容易丟掉的啊！
咦……？
呀……啊……要被沖走了！救、救命啊……！
啊，不妙！客人被沖走了！
這樣下去會一路流到忘卻之池，全都變成失物啦！
救救我！

ガッ
(咬住)
呀啊!?
啊……約翰？
謝謝你救了我……
咦……？
ポク
(飄)
有、有什麼跑出來了？
糟、糟糕！不能讓它逃走……

啊……
咦？客人掉進河裡？糟糕！她該不會被沖進池子了？
哎呀！妳沒事吧？
沒事，我找到失物了。

那眞是太好了。趕快來弄乾衣服吧。我去沖杯熱茶。
謝謝。呃……請給我普通的茶就好。
怎麼樣？
冬美，我找到嘍。
太好了。我實在不敢自己過去，總覺得反而會遺落其他東西……
給妳。

果然還是恢復原狀比較好……
或許吧……
妳爸爸他們怎麼辦？夫人給了我除草劑……
回家後再想吧。
但他們或許保持現狀比較好吧……
是乃夫人的茶效力眞強。我們喝了也會變成那樣嗎？
哎呀，那就是妳們常喝的茶啊。
咦？眞的嗎!?
可是對妳們好像沒有影響，頂多忘了帶走書而已。
那些人會遺忘東西在這裡……眞的是因爲茶嗎？

是乃夫人的茶♣完

水井中
詠唱之魚

哇——！好破爛啊！
在房子重建好以前，忍耐一下吧。
爸！有水井！
因為房子要翻新重建，我們全家人暫時借住在這棟舊屋。
上頭釘了鐵皮板耶。
應該是廢棄了吧？太危險才堵住的。

（註）短歌：一種詩歌形式，字數架構爲「五・七・五・七・七」。

哇啊，房間的霉味好重……只能暫時忍耐了嗎？
媽，我的「那個」收在哪裡？
「那個」是哪個？
就是那個啊，筆記本和……呃……其他東西。
那邊的紙箱找不到的話，可能在妳房間吧？
咦？這裡也有塗鴉。
又是短歌啊？我看看……
「而今已枉然 如同朦朧欲眠般 妳美麗容顏 深埋於向陽之處 我垂眼深情俯瞰」……是這樣嗎？
嗯……寫得還可以啦……
但總覺得有點詭異……
瑞希，這是妳剛才說的筆記本嗎？

哇——！不能看！
有什麼關係！讓我看一下嘛。
不行！妳絕對不能看！
呼！真是太驚險了！在搬離前先藏起來吧。
藏在哪裡才不會被發現呢……？
水井裡面如何？
ギシッ
（嘰）
這種地方……感覺要是掉到井底就再也拿不回來了。
然而，我們住進來沒多久，就接連發生各種奇妙的事。

奇怪了……瑞希，妳有沒有看到菜刀？
沒看到耶。咦？不就在這裡嗎？
不對……這刀子是怎麼回事？
我從早上就找不到，只看到那把生鏽的菜刀。是妳帶來的嗎？
不是，我沒有這種破舊的菜刀。
眞奇怪。剛搬進來的時候明明沒有這種東西啊。
其他不見的還有餐具和一些小東西……
原本我們以為是搬家時弄丟的，但好像並非如此……
リー リー リー
（唧——唧——唧——）
咦？數學課的筆記本放在哪裡？
眞是的，新家不能快點整修好嗎？

ガサ
ガタッ
（沙 喀噠）
什麼？是貓嗎？
ガラッ
（喀啦）
ザザザッ
（沙沙沙）
ピシャーッ
（咻）
眞、眞的太詭異了……有、有什麼東西在這屋子裡……
所以就輪到我們出場了嗎？
我們徹底被當成怪奇事件解決專家了呢。

我不只一次撞見那個黑色物體。至少看到三次了……
有一次還是它剛好從廚房後門進來。
我爸說那只是闖空門的……
話說，短歌寫在哪裡呢？
……
眞的有耶。看起來是很久以前寫上的。
對了，瑞希不是短歌愛好會的成員嗎？
我沒參加了，說是短歌，那裡現在比較像是「狂歌愛好會」。
廚房窗戶旁邊還有一首。
這個嗎？
「快快前來吧
我再度聽見呼喚
金雀枝影下
遍尋卻苦苦不見
妳冷若冰霜姿態」
……

是同一個人寫的吧？從這裡看得見的花就是金雀枝？
第三首在後門外面，妳們過來看看。
還有嗎？
在這個轉角的壁板上。
哦？在這裡啊。我看看……
「晴朗天空下執迷不悟之念想指尖之紋痕與未盡殘存思心皆化做古板刻印」……
怎、怎麼和前面兩首詩的感覺不太一樣。
對吧？妳們看底下……
這、這是什麼……？指痕……？
……妳們也這麼想？發現這個後，我覺得更不舒服了……

接下來是瑞希的房間嗎？
是在最裡面，陰暗又潮濕的和室，當初我就是從那裡的窗戶看見黑色物體的。
可是……那菜刀和茶碗又要怎麼解釋？
先不談短歌，黑色物體可能只是野狗之類的吧？
呀啊！
出、出現啦!!

不見了……
從窗戶逃跑了。
妳、妳們看到了吧？不是我的幻覺啊。
嗯，看到了。確實不是野狗。
它不知道在角落做什麼，發出窸窸窣窣的聲音。
這下妳們明白了吧？幫我想想辦法吧。
想想辦法……妳是要我們解決那東西嗎？
總之短歌讓人有點在意，我回去調查看看。
這房子真的有妖怪啦。我們去報警吧？
警察能對付妖怪嗎……？
反正好好關緊門窗就是了。
乾脆拜託他們讓我換房間吧。
老爸和老媽太不放在心上了吧。明明白天都是我一個人在家……

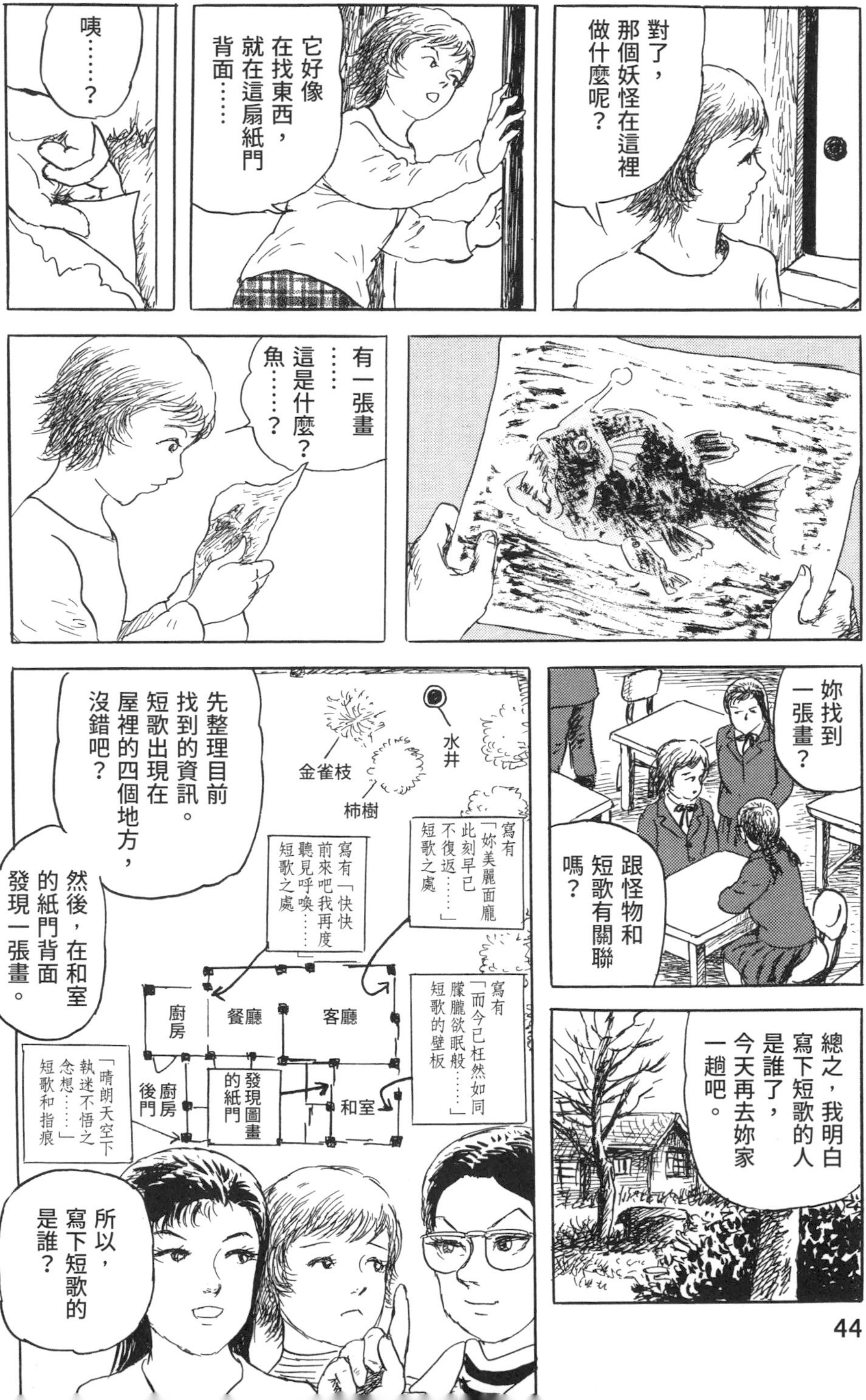

對了，那個妖怪在這裡做什麼呢？
它好像在找東西，就在這扇紙門背面……
咦……？
有一張畫……這是什麼？魚……？
妳找到一張畫？
跟怪物和短歌有關聯嗎？
總之，我明白寫下短歌的人是誰了，今天再去妳家一趟吧。
先整理目前找到的資訊。短歌出現在屋裡的四個地方，沒錯吧？
水井
金雀枝
柿樹
寫有「妳美麗面龐此刻早已不復返……」短歌之處
寫有「快快前來吧我再度聽見呼喚……」短歌之處
寫有「而今已枉然如同朦朧欲眠般……」短歌的壁板
廚房
餐廳
客廳
後門
廚房
發現圖畫的紙門
和室
「晴朗天空下執迷不悟之念想……」短歌和指痕
然後，在和室的紙門背面發現一張畫。
所以，寫下短歌的是誰？

萱間魚水，昭和三、四十年左右的歌人。
聽說他最後定居在武藏野的獨棟住宅，想必就是這屋子……
那些塗鴉原來這麼有年代了啊？
我也帶了萱間的短歌集。這本是在他死後出版的書，代表作幾乎都收錄在裡面。
從解說來看，萱間似乎非常貧困，還是個怪人呢。
他沒什麼朋友，因此世人不太清楚他怎麼死的……
只知道他晚年好像和妻子兩人隱居。說是晚年，過世時他也才四十多歲而已……
那麼，短歌中的「妳」指的是……
想必就是妻子吧。聽說比萱間年輕十歲，是個美女呢……
爲什麼妳知道短歌是他寫的？
書裡就有「晴朗天空下」這首短歌喔。
這本短歌集算是萱間的遺作集，該說是死後遺留嗎？但萱間夫妻其實一直下落不明，這是從遺稿中找到的作品。
可能是有人看過短歌集後寫的啊……
還有一個證據。
萱間有個奇怪的習慣，他經常隨身帶著紙筆……
只要一冒出短歌的靈感，就會當場做筆記。如果手邊沒有紙，便直接寫在身旁的牆壁、紙門、圍牆等地方。

而且，如果是他很滿意的作品，之後還會用墨水重新補寫，或是拿小刀刻字喔。
就算是租來的屋子嗎？
真是太亂來了。
所以說，短歌寫在這裡，代表萱間可能會站在這裡吟詠這首短歌……
「妳美麗面龐此刻早已不復返我殷切尋盼於夜深人靜時分望向柿樹更遠方」……
看來萱間是在夜晚吟唱的吧，從這扇玻璃窗望著庭院的柿樹……
柿樹後方是水井呢。
他整個晚上都盯著水井嗎？
也來看看廚房的短歌吧。
「快快前來吧我再度聽見呼喚金雀枝影下遍尋卻苦苦不見妳冷若冰霜姿態」……
從廚房的窗欄望向庭院……
在金雀枝陰影底下的……我想得沒錯，又是水井！

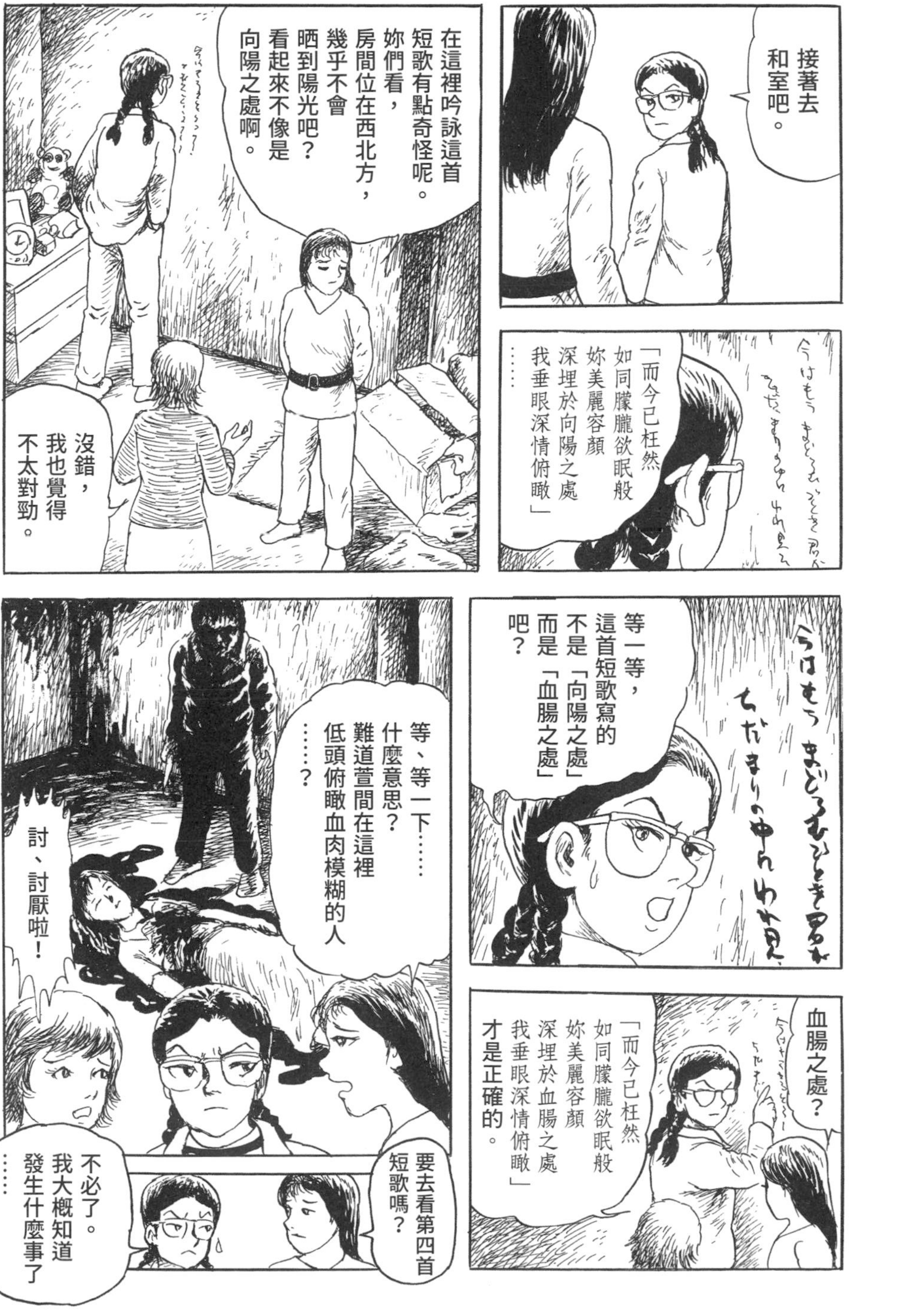
接著去和室吧。
「而今已枉然 如同朦朧欲眠般 妳美麗容顏 深埋於向陽之處 我垂眼深情俯瞰」……
在這裡吟詠這首短歌有點奇怪呢。妳們看，房間位在西北方，幾乎不會晒到陽光吧？看起來不像是向陽之處啊。
沒錯，我也覺得不太對勁。
等一等，這首短歌寫的不是「向陽之處」而是「血腸之處」吧？
血腸之處？
「而今已枉然 如同朦朧欲眠般 妳美麗容顏 深埋於血腸之處 我垂眼深情俯瞰」才是正確的。
等、等一下……什麼意思？難道萱間在這裡低頭俯瞰血肉模糊的人……？
討、討厭啦！
要去看第四首短歌嗎？
不必了。我大概知道發生什麼事了……

這個呢？從紙門背面找到的畫。
是燈籠魚呢。一種深海魚類。
這也是萱間的作品嗎？
不知道。聽說他妻子的興趣是畫圖，說不定出自妻子之手。
聽說他們是突然間從這屋子消失的，當時還冒出許多傳聞。
像是萱間在妻子逃走後自殺啦，或是發瘋後下落不明，也有人說是餓死……
餓死!?
似乎也不無可能。
另有一說是殉情而死……總之一直沒找到兩人的屍體。
紙魚子，妳怎麼想？在看過那些短歌塗鴉之後……
我的推測嘛……萱間可能在這間和室殺害了妻子。
他將屍體搬出廚房後門、走到屋外時，屍體的手恰巧勾住轉角的壁板……
搞不好妻子當時還活著？接著，萱間來到院子，把她扔進水井。

可是，爲什麼要這麼做……？他不是愛著妻子嗎？
畢竟他們相差十多歲呢。有可能妻子變心了，或者單純是厭倦貧窮的生活。
那、那麼……「快快前來吧 我再度聽見呼喚」又是怎麼回事？
是幻聽啦。
他以爲妻子從井底呼喚著自己吧？可能他自己也跳進井裡了。
萱間的短歌大多跟水井和大海有關，比方說這首……
「我欲化為魚 潛伏於深遠海底 不為人所知 我渴求抱擁孤寂 獨自將短歌低吟」
好、好淒涼啊——！
據說他性情古怪、討厭人群，這張燈籠魚的圖很符合他的個性呢。
他晚年定居在這棟屋子，也是因爲有水井……
尤其死前幾年有不少以水井爲題的短歌喔。
像是這首……「湛藍色蒼穹 投射水井深邃處 兩者相輝映 一如我日夜所夢 蔚藍海底之龍宮」
寫得很美呢。有什麼含意嗎？
一般而言，水井象徵著通往他界，甚至傳說某座知名寺院的水井能通往龍宮。這首短歌就是沿用這個概念吧。

還有這首。
「幽幽之水井
我所望見之幻影
悄悄棲宿其中
我拚命踮起腳尖
將石塊扔向夢魘」
總之必須調查水井才行。
如果我們將短歌中的「棲宿」換字成「妻朽」……
討厭！不要嚇人啦！
咦？不要啦！
放心啦，現在是大白天，幽靈阿菊(註)不會出現的。
(啪)
蓋子釘死了呢。
不、不能亂搖啦。
啊！拔起來了。
バリッ
不可以打開！

（註）幽靈阿菊：日本著名的幽靈怪談。名爲阿菊的女傭失手打破珍貴的盤子，因內疚而投井自盡。此後每到半夜，井底便傳出化爲幽靈的阿菊數盤子的聲音。

咦？不見了！
嗯？什麼？
沒、沒什麼。
妳們看！這裡也寫了字。
果然又是短歌，是用油性筆寫上的。
「潺潺流水聲 緩緩淌入我耳中 輕輕喚我名 無論世間為何物 妳確實棲身此處」……
眞、眞的在這裡啊……
底下一片黑暗，什麼都看不清楚……
カラン…
(喀啦……)
好像沒有水，早就乾涸了。
有手電筒嗎？
還是算了吧，太可怕了。
都是三十多年前的事了，就算有屍體也早就變成白骨啦。
所以才恐怖嘛！

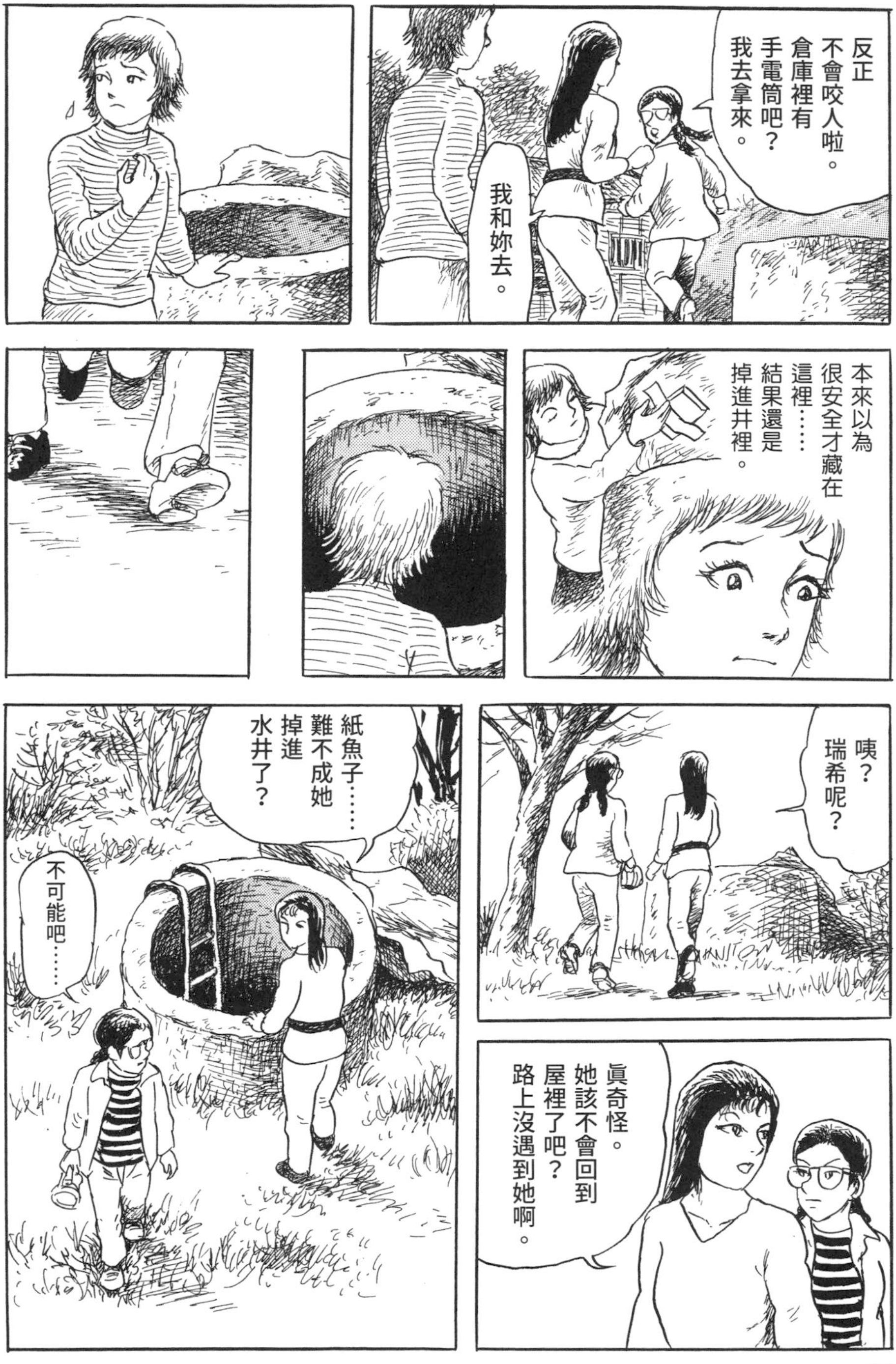
反正不會咬人啦。倉庫裡有手電筒吧？我去拿來。
我和妳去。
本來以為很安全才藏在這裡……結果還是掉進井裡。
咦？瑞希呢？
紙魚子……難不成她掉進水井了？
不可能吧……
眞奇怪。她該不會回到屋裡了吧？路上沒遇到她啊。

怎麼冒出生鏽的梯子？剛才沒有這東西吧？
不曉得……我記得沒有……
手電筒照不到井底，下去一探究竟吧。
咦？沒問題嗎!?
萬一摔下去受傷就糟了，幫我扶好梯子。
（沙沙）
ガサ
（沙沙 沙沙）
ガサガサ
瑞希，原來妳在那裡啊？妳在做什麼？

呀啊！
咦？
這是哪裡？
水井底部。
我怎麼會在這裡……
妳從上面掉下來了。正確來說，妳突然拚命爬下梯子，爬到一半從我頭上摔了下來。
幸好我當時快到井底了……
啊！我想起來了！柿樹底下出現了妖怪……！

這麼說來，剛才一直有個奇怪的東西在水井邊……
別管那個了。妳看這裡，有條穴道。
眞的耶！原來水井有這樣的構造啊？
通常不會有這種構造……雖然我還在思考該不該走進去瞧瞧……
但看來也沒得猶豫了……

啊！瑞希！
咦……
妳怎麼了？爲什麼在這種地方……
啊……不知爲何，我待在這裡就覺得腦袋昏昏沉沉……
對了，妳們看，我家的茶碗和菜刀在這裡耶。
怎麼會出現在這裡……
好像有人在這裡生活的樣子。
在這種地方嗎？會是什麼人？
既然住在水井裡，不是幽靈阿菊就是貞子吧？
這是什麼？
《佐田瑞希短歌作品集》？

「思慕的學長
我想在畢業
典禮 將他的
鈕釦 一顆顆
剝下取走
全部都留給
自己」……
還有修改過的痕跡呢。
啊！不能看！
有什麼關係？讓我看嘛。
「體重計今天也埋伏在玄關前等待我出現是否要踏上它呢我再度躊躇不前」……
實在太丟人了，本來不想讓別人看到的……是誰幫我修改的啊？
是我。
因爲那本書掉進井底了。話說，我擅自借用你們的餐具，眞不好意思。
呀啊！
……萱、萱間……魚水……？
沒錯。啊，我的短歌集就是妳帶來的吧……？
我都不知道出版了這種東西……
聽、聽說是……您的朋友……高林先生爲了悼念您而出版的……

高林？那傢伙總是對我的短歌挑三揀四。反正他一定撈了不少版稅吧？
算了，我想這本書也不賣吧……
請、請問……您還活著嗎？
跟死了差不多……不對，我確實死過一次吧……
我和妻子明明應該死在井底了……但一回過神，就變成這副模樣困在這裡……
可能是這片土地的神靈將我們復活了吧。畢竟水井是通往他界的道路啊……
他界？
這裡嗎？
是啊……只要沒人來打擾，讓我和妻子兩人隱居生活，就算是這樣的一個小房間我也心滿意足……
然而，連這麼微小的願望都無法實現。
這世界留給我的只有這口井而已……
爲、爲什麼是這副模樣呢？
我不知道。或許這正是我所希望的吧。
我可能已經厭倦人類的姿態……
畢竟人類對於內心眞正渴求的事物，往往連當事人自己都不知道啊……

為什麼妻子在您背上？
這恐怕也是我的心願吧……明明深愛妻子，卻始終背對著她，我就是這種人啊……
我來到井底後，就無法吟詠短歌了。但偶爾會懷念起自己以前的創作……
妻子畫的圖也一直讓我很在意……
於是你就潛入家裡尋找嗎？
那已經不是我的家了。只留下一張畫和寫在牆壁上的短歌……
都不重要了，我對那棟屋子已經沒有留戀，只要給我這本短歌集就夠了。
請、請收下吧……
老公，你應該沒有遺憾了？就別再想那個家了吧。
是啊，妳說得沒錯。陪我待在這種地方三十多年，真是委屈妳了……
從今以後，妳照自己的意思過活吧。
我就在等你說這句話呢。
那麼，換你陪我完成夙願吧。

妳的夙願是什麼？
別問太多，聽我的就對了……我們一起出發吧，離開井底……
我們要去哪裡？
水井不是通往龍宮的道路嗎？

妳知道嗎？燈籠魚的雌性比雄性體型大上許多，雄魚是寄生在雌魚身上喔。牠們永遠不會分開，除非其中一方死去……
哇啊！
會淹死的！快逃啊！
救命呀！
咦？踩得到地？
咕嘟……咕嘟咕嘟……

這裡不是胃之頭池嗎？
結果沒有通往龍宮，反而來到了這種地方啊。
不要丟飼料過來啦！
紙魚子，我也寫了一首喔。
念來聽聽。
「古井之中央 屍體一躍而落下 水聲撲通響」。(註)
那是俳句啦，而且妳還抄襲。
那我再補上兩句：「化為妖鬼頻出現 深夜輾轉難入眠」
妳去加入狂歌愛好會吧。
哈啾！

(註) 原文仿擬自松尾芭蕉的俳句「古池や蛙飛びこむ水の音」。

水井中詠唱之魚♣完

魔法

就是這個。
這是什麼畫？
很奇怪的畫吧？
是畫什麼啊？誰畫的？
這裡是美術社的專用教室。
是黑川畫的，他是美術社的學長。
我受美術社的成員真喜子之託，和她來到了這裡……
妳不知道他嗎？就是半年前死在校內的學長……
這麼一提，我想起來了。
據說是被野狗咬死的吧。記得就在這間教室外不遠處……
黑川學長是個奇怪的社員。
他總是在畫惡魔、怪物之類恐怖的作品……
尤其是那棟詭異建築和怪物，他甚至畫了好幾次。

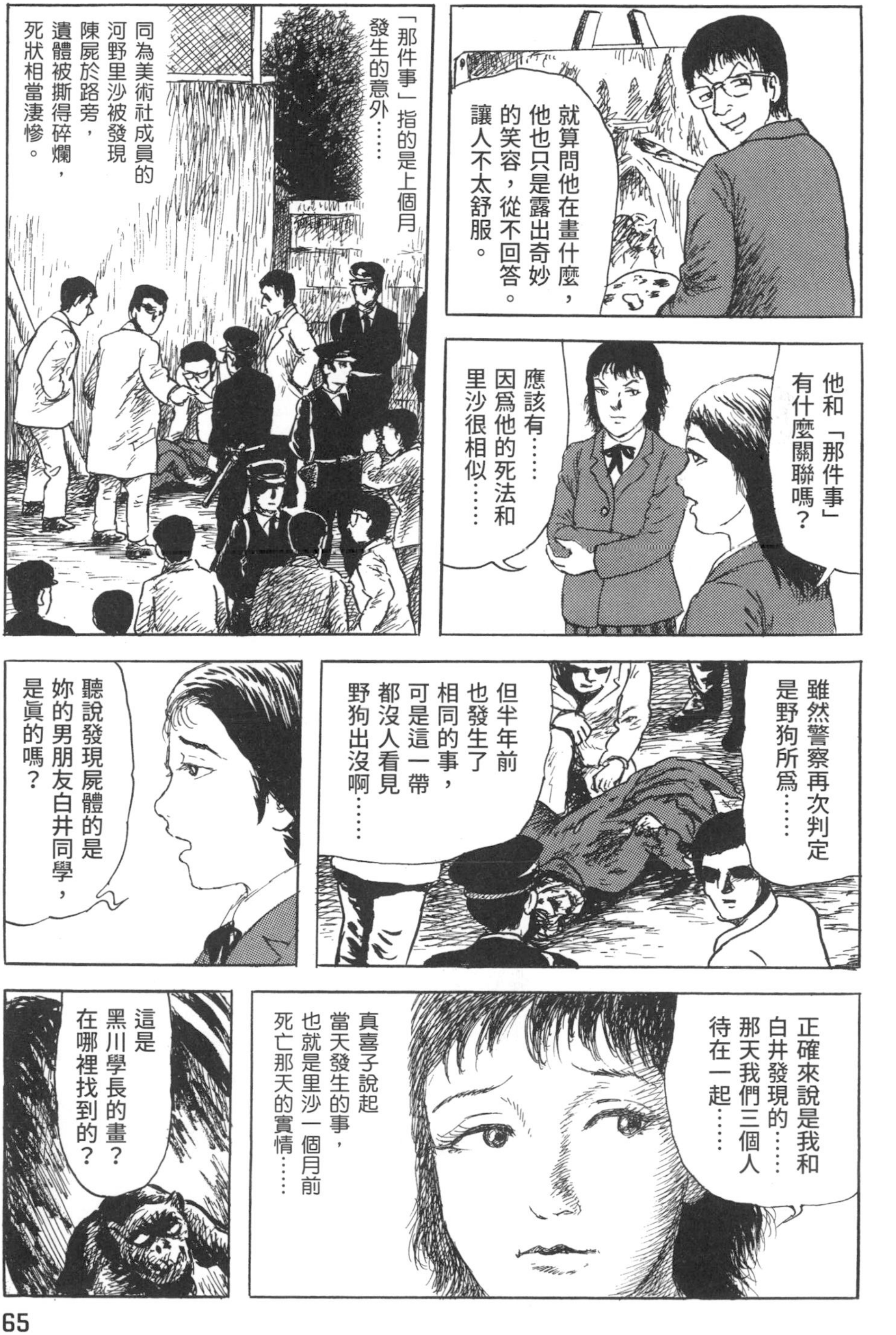
就算問他在畫什麼，他也只是露出奇妙的笑容，從不回答。讓人不太舒服。
他和「那件事」有什麼關聯嗎？
應該有……因爲他的死法和里沙很相似……
「那件事」指的是上個月發生的意外……
同為美術社成員的河野里沙被發現陳屍於路旁，遺體被撕得碎爛，死狀相當淒慘。
雖然警察再次判定是野狗所爲……
但半年前也發生了相同的事，可是這一帶都沒人看見野狗出沒啊……
聽說發現屍體的是妳的男朋友白井同學，是眞的嗎？
正確來說是我和白井發現的……那天我們三個人待在一起……
真喜子說起當天發生的事，也就是里沙一個月前死亡那天的實情……
這是黑川學長的畫？在哪裡找到的？

暑假結束後，開學整理教室時，從櫃子深處挖出來的。
沒有交還給他的家人嗎？
先等等……有件事讓我有點在意……
在意？什麼事……
之前我向學長提起了這幅畫，我問他爲什麼總是畫這種詭異的畫。
平常他只會竊笑不回答，但那天不知爲何，他開口了。
他說這幅畫是魔法。
魔法？
畫的是魔法嗎？魔法師在哪裡？
不是那個意思，他說這幅畫本身就是魔法道具。
要在這幅畫前進行儀式或念咒的樣子。
我本來是希望能召喚出惡魔啦。
但這幅畫頂多只能召喚出使魔等級的魔獸而已。
不過，只要順利召喚出來，就不得了啦。
雖然不是有求必應，但它可以達成施法者某類的心願。

某類的心願……？指的是什麼方面……？
不如說，當時學長的表情，反倒更像受到召喚的惡魔。
他到底有什麼願望呢？
討厭啦……
眞喜子，妳相信他說的話嗎？
怎麼可能……但之後學長就以那種方式慘死了。
再加上找到這幅畫時……你們看。
這裡……這像建築物般的東西上寫了字吧？
眞的耶，寫的是什麼啊？
我之前也看過這幅畫，原本就有這些字嗎？
原來沒有字，可能是學長死前補上的。
而且，字的顏色還是噁心的深紅色吧？
你們聽我說嘛。後來我就想，那該不會是魔法咒語吧？
感覺就是血呢。
咦！太噁心了！
眞喜子，不要說那種讓人不舒服的話啦。
查過許多資料後，我發現那似乎是古希伯來文。於是，我跑了好幾趟圖書館，終於找出念法。

雖然不明白意思，但好像眞的是某種咒語。
妳爲什麼要調查那種事啊？
喂喂，妳怎麼變成惡魔主義者啦？
因爲黑川學長遭遇了那種事，我很在意嘛。
總之你們陪我念咒語吧，三個人一起。
……
怎麼？連白井也不願意嗎……難道你們眞的覺得會出現惡魔？
算了，那我就一個人念……
好啦，我知道了。我陪妳就是了。妳眞是好奇心旺盛……
於是，我們三個人在畫作前念出咒語，卻什麼事都沒發生。
眞喜子，哪裡有惡魔或是什麼使魔啊？
哈哈，我剛才還緊張了一下……
嘖——果然是假的嗎？
由於我們的家都在同一個方向，之後便一起回家……當時太陽已經下山……

我們沉默地走在路上，
經過剛才的儀式後，
心情變得奇妙起來。
或許當時
魔法已經生效了吧……
……黑川學長說的心願……
我有頭緒了。
學長應該是喜歡里沙……
咦!?我完全不知道……
眞的嗎？那個陰沉的學長？
我想大概沒錯。可是里沙有喜歡的人了吧？
我、我沒有啦……
但黑川學長不是妳喜歡的類型吧？里沙喜歡的類型是……
兩件事有關聯嗎？難道那是能讓對方喜歡上自己的魔法？
天曉得……？不過學長當時的語氣不像是這麼和平的願望……
我們一路上聊著這類話題，來到上水沿岸的長路時，事情發生了。

就是有棒球場鐵絲網的那段路……
我知道，那條路剛好在上水和鐵絲網之間，沿途都沒有岔路。
眞喜子，妳怎麼了？後面有什麼嗎？
總覺得……好像有東西跟在我們身後……
什麼東西？
不知道……感覺不是人類……
狗？
不對！是、是那個……！

那是什麼!?
不是狗，是怪物！快逃！
什麼啦？怎麼回事!?
這是魔法！我們召喚出黑川學長說的魔獸了！
警、警察！眞喜子，快用手機報警……！
我忙著跑！沒那個時間啦！先逃到安全的地方吧……
可是，妳應該知道吧？那條長路沒有岔路，沿途也沒有可以躲進去的住家……我們一路跑到連接橋的十字路口……

我們分別往三個方向逃跑！沒有被怪物追上的人就打電話報警……！
我逃往右邊的路。
跑了一段路後，我回頭一望，感覺怪物沒追上來，於是……
手機、手機……奇怪，掉在路上了嗎？
(嗷嗚……)
沒想到，旁邊的岔路竟傳來些許動靜和低吼聲……

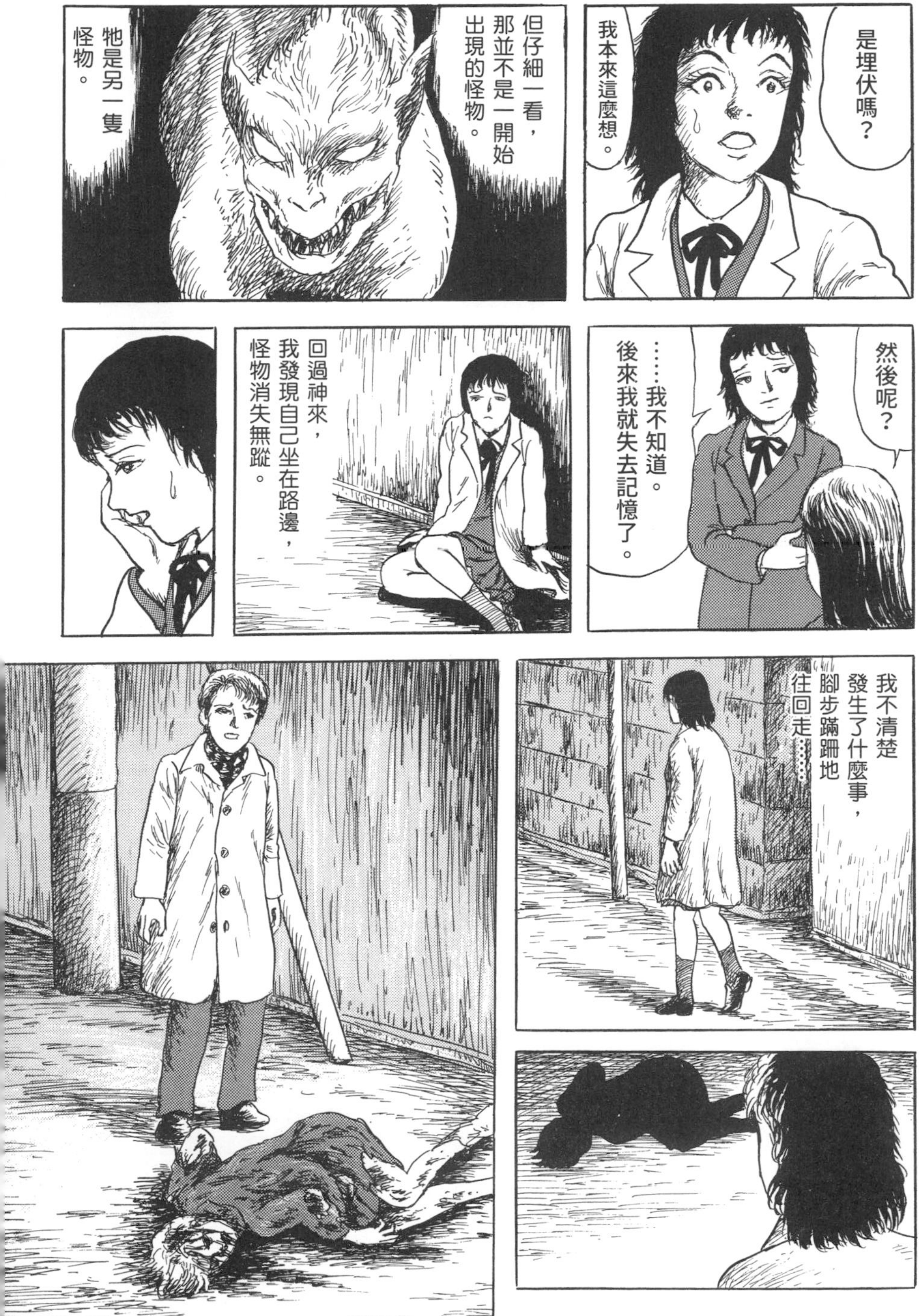
是埋伏嗎？
我本來這麼想。
但仔細一看，那並不是一開始出現的怪物。
牠是另一隻怪物。
然後呢？
……我不知道。後來我就失去記憶了。
回過神來，我發現自己坐在路邊，怪物消失無蹤。
我不清楚發生了什麼事，腳步蹣跚地往回走……

就看到里沙渾身是血的屍體，還有呆愣在旁的白井。
警察不採信我們遭到怪物襲擊的說詞，這也不怪他們啦……
但我相信這肯定和黑川學長提到的魔法有關。
你們和警察說了魔法的事嗎？
怎麼可能，只會被取笑吧。
(喀恰)
ガチャ
白井，你好慢。
抱歉，不過怎麼又拿出這幅畫……
因爲我想知道別人的意見啊。如果是栞，就會願意聽我說這些。
算了吧，找人討論只是白費時間。
所以才該討論。從旁觀者的角度來看，或許會有不同的想法嘛。
連我們自己都不清楚到底發生什麼事。
我對魔法不太熟悉，紙魚子應該更懂這類東西。
不巧她今天有圖書股長的工作……
……妳還是忘記那件事比較好。
總之今天先回去吧。

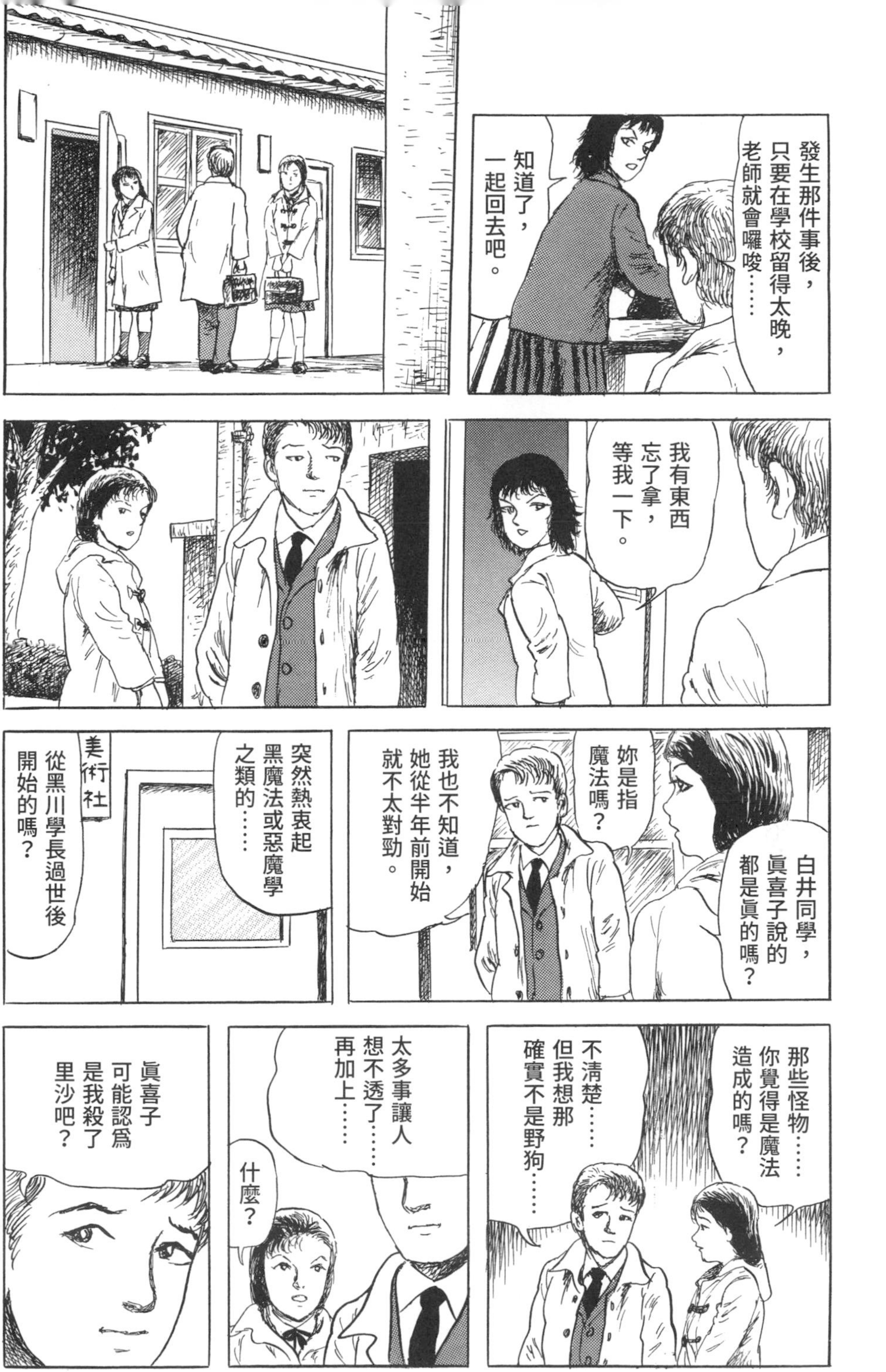
發生那件事後，只要在學校留得太晚，老師就會囉唆……
知道了，一起回去吧。
我有東西忘了拿，等我一下。
白井同學，眞喜子說的都是眞的嗎？
妳是指魔法嗎？
我也不知道，她從半年前開始就不太對勁。
突然熱衷起黑魔法或惡魔學之類的……
美術社
從黑川學長過世後開始的嗎？
那些怪物……你覺得是魔法造成的嗎？
不清楚……但我想那確實不是野狗……
太多事讓人想不透了……再加上……
什麼？
眞喜子可能認爲是我殺了里沙吧？

咦？爲什麼？
妳問爲什麼……因爲眞喜子發現里沙屍體的時候，我就在旁邊……
久等了。
哎呀，這麼晚了。
明明被告誡要在天黑前回去……
我們回家的方向一樣吧？再多陪我走一段路嘛。
好啊……
白井，說說你的情況吧。
嗯……
我逃往十字路口左轉的渡橋後，停下來回頭張望。
因為我很擔心，不知道怪物往哪裡去了。
沒跟過來……不會再追上來了吧？

不見了……
本來以爲牠會緊追在身後……
不過，眞是鬆了口氣……
啊，對了！眞喜子她們還好嗎？
呃，沒、沒這回事。因爲中間的上水沿岸道路最暗、也最危險……
等等，爲什麼你先去找里沙？你不擔心我嗎？
哦，那你一開始爲什麼不選中間那條路？
當時我沒想這麼多，立刻就左轉逃跑了嘛。
總之我順著那條路往回跑，
但一直沒追上里沙……
呼
呼
(嗷嗚…… 嗷嗚……)
前方傳來像是野獸在低吼或打鬥的聲音。

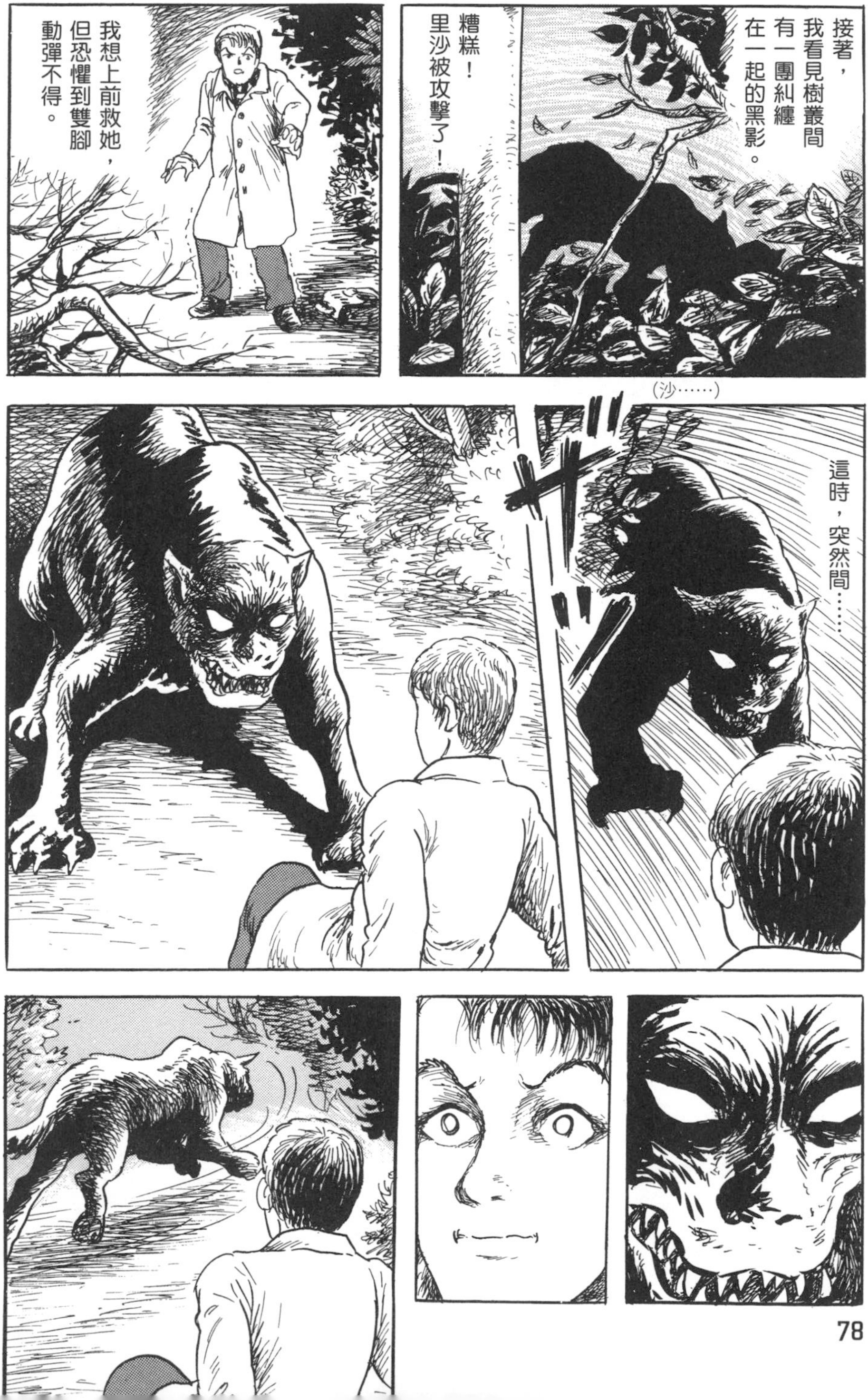
接著，我看見樹叢間有一團糾纏在一起的黑影。
糟糕！里沙被攻擊了！
我想上前救她，但恐懼到雙腳動彈不得。
(沙……)
這時，突然間……

怪物放過了我，轉頭就走。
我邁出顫抖的雙腿，上前一看。
白井同學看到的怪物，是一開始追趕你們的怪物嗎？
我想是的。
但眞喜子看見的是別的怪物？
你們三個人一起念了咒語吧？如果魔法眞的生效了，那召喚出怪物的，是你們之中的哪個人呢？
呃，就算妳問是誰……
沒錯。黑川學長說過，這是用來實現施法者願望的魔法。要是三個人一起施法，結果會變得如何？
還有，如果追逐你們的怪物是魔法召喚出來的，那後來出現的怪物又是什麼？
一開始的怪物是在什麼時候超越你們的？

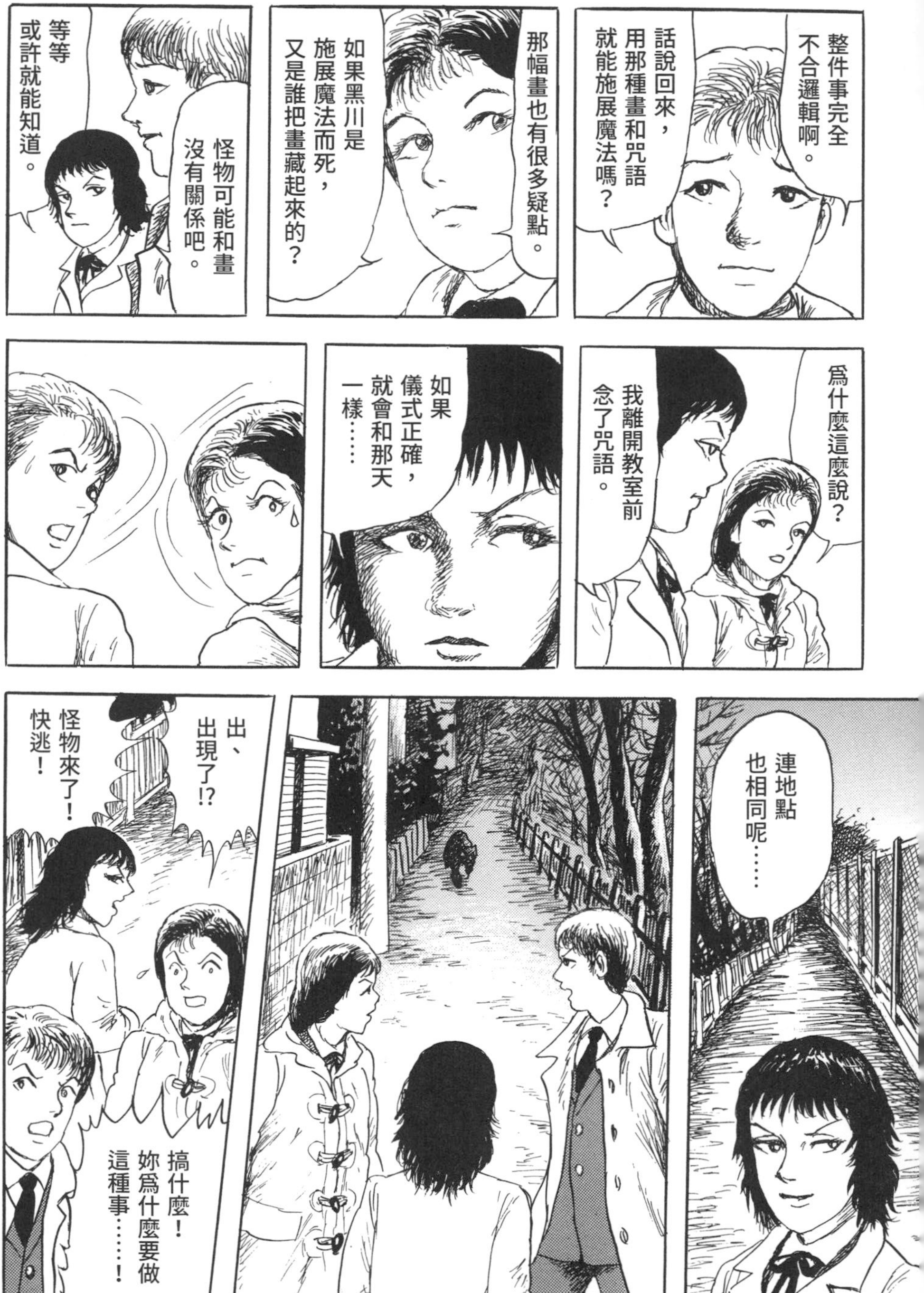
整件事完全不合邏輯啊。
話說回來，用那種畫和咒語就能施展魔法嗎？
那幅畫也有很多疑點。
如果黑川是施展魔法而死，又是誰把畫藏起來的？
怪物可能和畫沒有關係吧。
等等或許就能知道。
爲什麼這麼說？
我離開教室前念了咒語。
如果儀式正確，就會和那天一樣……
連地點也相同呢……
出、出現了!?
怪物來了！快逃！
搞什麼！妳爲什麼要做這種事……！

我想確認是不是眞的啊！
在與那天相同的條件下……
爲、爲什麼連我也要……
快到了！我們分三邊逃吧！
我、我是中間的路？和被殺害的里沙一樣!?
啊啊……
該怎麼辦才好？念咒語嗎!?
慢著，我根本不知道咒語啊！

這是什麼!?
沒追上來……太好了……
這棟建築是什麼？這一帶有這樣的地方嗎？

不好意思——有人在嗎——？
我想起來了！總覺得這棟建築有點眼熟，原來是在教室裡看到的那幅畫……
出、出口在哪裡？
奇怪，我明明是從這裡進來的……
啊，白井同學！
噢！
怎麼回事？這裡是哪裡？發生了什麼事!?
我也不知道。和之前一樣，我沒感覺到怪物追上來……
於是我回頭一直走，就來到這棟奇怪的建築……
眞喜子也在這裡嗎？
不知道……我沒遇見她就是了……
啊！她在!?

不對……!?
里、里沙!?
是里沙嗎!?
怎、怎麼可能
……騙人的吧？
死去的里沙竟……
白井同學，是眞的喔。
你們想知道那天發生了什麼事嗎？
在怪物的追趕下，我們分頭逃跑後……
我在上水沿岸的道路奔跑，
一直覺得怪物就要追上自己，整個人恐懼到近乎發狂。
那一刻我突然明白，
是誰施展了魔法。

我不禁對那個人萌生恨意……
我怎會甘願被殺掉？應該是我殺了你吧……
殘暴的念頭從體內深處湧上……
我憤怒不已，將身體交給情緒掌控。
一回過神，我也變成怪物了。
藉由魔法之力變身！
對方化為野獸……
那傢伙出現在我眼前。
我用盡全力搏鬥，還是輸了……因為那傢伙的恨意和力量都比我強啊。
那、那傢伙是誰？妳的意思是，有人使用了魔法嗎……？
（喀）
是我。

黑、黑川學長!?
就是他!?他不是死了嗎？
我在這道魔法的封印裡是不死之身。
話說回來，都施展兩次魔法了卻沒變身……
白井，你眞是個無趣的傢伙啊。
變身？我嗎？
沒錯，這種魔法能讓施法者變身成野獸。
你們內心也有某種殘暴之物吧。快服從它、變成野獸讓我看看！
勝利者就能離開這裡！
但遭到啃食的輸家就會像里沙一樣，永遠受困在這道封印裡就是了……
我、我沒施展魔法啊。我連咒語都不知道。
只要牽扯上就別想逃。還是妳比較想活生生地被監禁在這裡嗎？

ハァハァ
（呼哈呼）
白、白井同學……？
クン
（喀！）
白井同學，不要被騙了。那傢伙不是學長。
妳眞是多嘴。就這麼想墮入地獄嗎？
這麼說來，眞喜子在哪裡？她也被關在這裡嗎!?
她在這裡！
ガッ
（抓住）
バリバリッ
（啪唰）
嘖，黑川！你竟然躲在這種地方!?
這裡本來是我創造的魔法空間！怎麼能允許妳亂來？

施法失敗而自取滅亡的傢伙，還有臉說是你創造的世界？
（啪）
要是沒徹底變身爲怪物，過程中就會被自己召喚出的怪物殺死。黑川學長就是這樣失敗的。
他還被封印在自己創造的魔法空間裡，眞是丟臉！
來吧！你們再不快點變身，就會落得和這傢伙一樣的下場喔！
眞、眞喜子……這到底是怎麼回事？
呵呵呵……好吧，我就從頭說起。
總之，黑川這傢伙沉迷於神祕學，不知道從哪裡學來這種魔法。
黑川本來要用這種魔法殺死白井。
因爲他發現里沙喜歡白井。
然而，他卻在儀式進行中感到害怕，最後被自己召喚出的怪物幻影殺死。
我碰巧撞見了這一幕。
我藏起黑川的畫作，自行做了許多調查，終於查出黑川失敗的原因。

想完成這種魔法，需要施法者加上一、兩個人參與……因爲至少得獻上一個人當野獸的祭品……
一開始出現的野獸，是施法者的意念投射到畫上，再反彈回來的幻影。
只要不受幻影的影響就能變身為野獸，我成功做到了。
由於太過成功，連里沙都化爲野獸。
因爲里沙和我一樣，我們都想殺死對方……沒錯吧？
白井同學當時喜歡我勝過妳。我也……
我知道。
但我的恨意似乎還是強過妳呢。畢竟最後是我勝利了嘛……
……那、那麼，爲什麼要再做這種事……更何況，明明和我沒關係……
我說過了，施法需要祭品。而且，我早就不在乎什麼喜不喜歡了。
變身爲野獸、釋放殘暴衝動的自由……咬死獵物的快感……鮮血的味道……
我已經無法忘懷。

ハァ
ハァ
（呼哈）

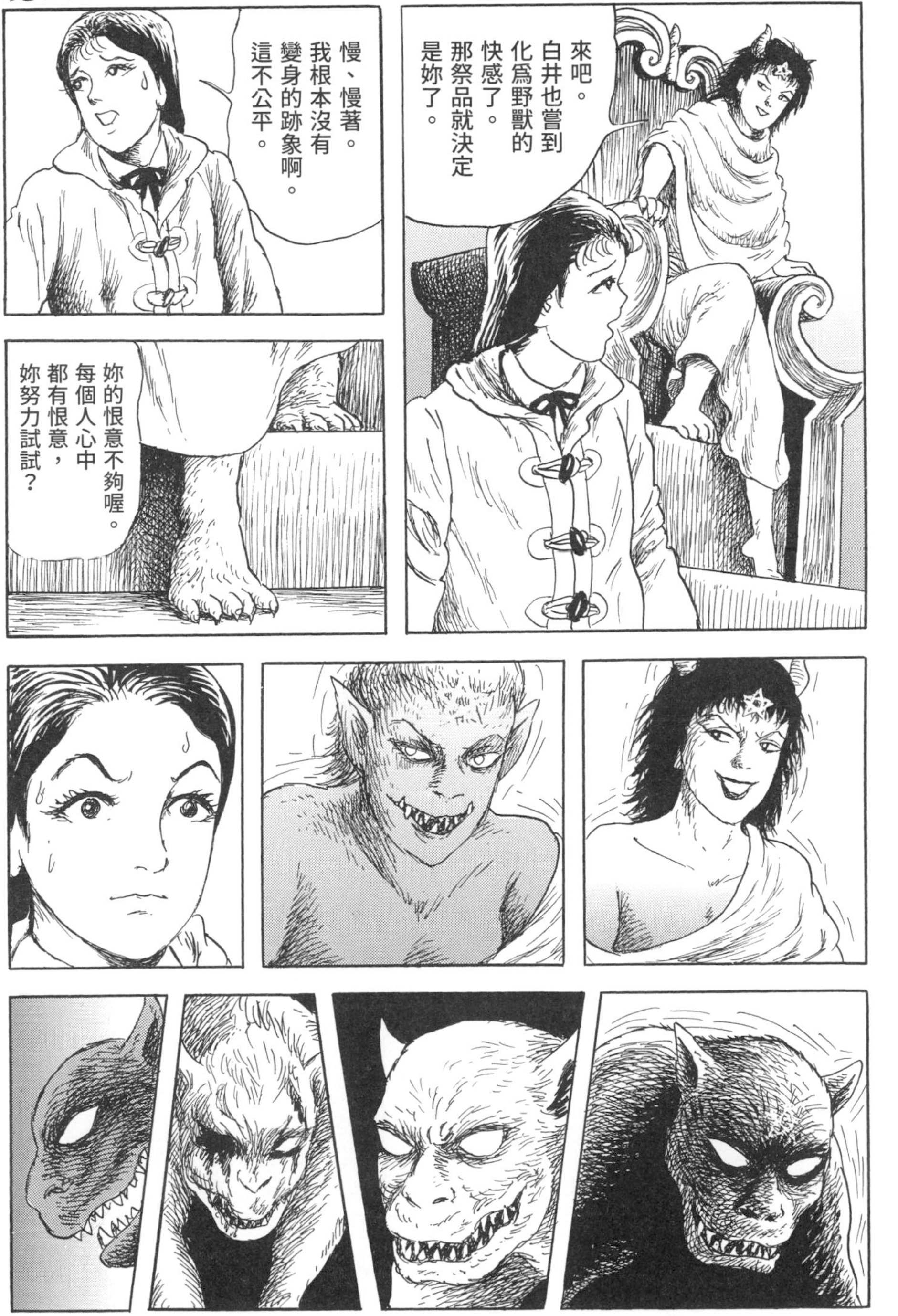
來吧。白井也嘗到化爲野獸的快感了。那祭品就決定是妳了。
慢、慢著。我根本沒有變身的跡象啊。這不公平。
妳的恨意不夠喔。每個人心中都有恨意，妳努力試試？

グッ
(咚)
有、
有牆壁？

呀啊!?
(嗷嗚 咬)
(嗷——)
(嗷嗚)
要燒掉畫才行！燒了它！

奇妙的建築
突然消失，
只剩我一個人
癱坐在路上。
隔天，
我燒掉那幅畫。
白井同學和真喜子
並未歸來。
這次甚至沒找到他們
被咬得碎爛的屍體，
而是就這樣
下落不明了。

魔法♣完

妖怪圖書管理員

咦……？
神社倒了……
怎、怎麼回事？

啊！不好意思——
什麼事？
請問……這裡是股毛神社沒錯吧？
是啊。
神社爲什麼會倒塌？發生了什麼事嗎？
啊，因爲出了些意外……就崩塌了。
管理會沒有預算，似乎不打算重建的樣子。
這……這樣嗎？
請問……妳知道神主在哪裡嗎？
不知道耶……不在社務所嗎？
好像不在。
那我就不清楚了。
請、請問……不好意思，我想再問一個問題……
什麼事？
我在找一家店，是舊書店……

我不太清楚書店的名字……
哦？舊書店問我就對了。店名是什麼？
只知道好像是破舊到彷彿會鬧鬼的書店，店裡擺的都是怪書……
沒……沒聽過這種舊書店呢……
貓小屋
您好……我聽躁狀寺的和尚說股毛神社的神主在這裡……
打擾了。
喔——？歡迎光臨。
我就是。你是誰啊？
噢！我、我叫木一，是接下來負責這一區的圖書管理員……

哦？就是你啊。對啦，有收到通知。
太好了，股毛神社倒塌，我正煩惱該怎麼辦。
畢竟神社沒了，社務所也被拿來當倉庫，我只好借住在這裡。
請喝茶。
啊，謝謝招待。
請問……這座町有舊書店嗎？
喔，有啊。我們爲你準備的店家是……
適合你工作的舊書店，嗯……就是那家了吧。
「宇論堂」……
古書
高價
古書
高價收購
找到了！就是這裡！
カラ
カラ
（喀啦喀啦）

啊！妳是剛才在神社的……
啊……
眞是的，妳明明就知道！破舊到彷彿鬧鬼、盡是擺些怪書的舊書店……
眞沒禮貌，我們店才沒這麼破爛。
但詭異的書確實不少，也很像會鬧鬼，不是嗎？
那、那又怎樣？只不過偶爾會出現白看書的幽靈，和吃人的書而已……
我們的藏書很特別，是內行人都知曉的名店。
沒錯、沒錯，我也聽說想找怪書就要來這裡。而且府上……
你從剛才就左一句詭異、右一句怪書，說得好像我們店是怪書的巢穴……你喜歡這類的書嗎？
該說喜歡嗎……是工作……呃……我在找書啦。
什麼書？
呃……這個嘛……比如《異聞馬頭教》之類的……

有喔。
咦？
不過書況不是很好……八千五百圓。
抱歉……我現在身上沒錢……之後再過來。
哇——沒想到隨便說說還真的有。《異聞馬頭教》……
宇論堂
古書
高價收購
鐵門拉下來了。

嗯……？
樓下有聲音……？
從書店傳來的。老爸應該睡了……是小偷嗎？
そ～
(看——)
有什麼東西扭打在一起……

ドスン
（咚）
（啪）
那、那是……什麼!?
ドン
（咚）
バラバラ
（散落一地）
糟糕！會傷到書！
看招！

啪
咦？
嗯，小偷？進到店裡來嗎？
……我也不太確定……是沒有東西被偷啦……
只有兩本書掉在地上……
這是什麼書？《異聞馬頭教》？
這是我們店裡的書。馬頭教是出現在江戶時代的一種邪教。
聽說他們會祭拜馬頭，藉由深層洗腦吸收信徒。

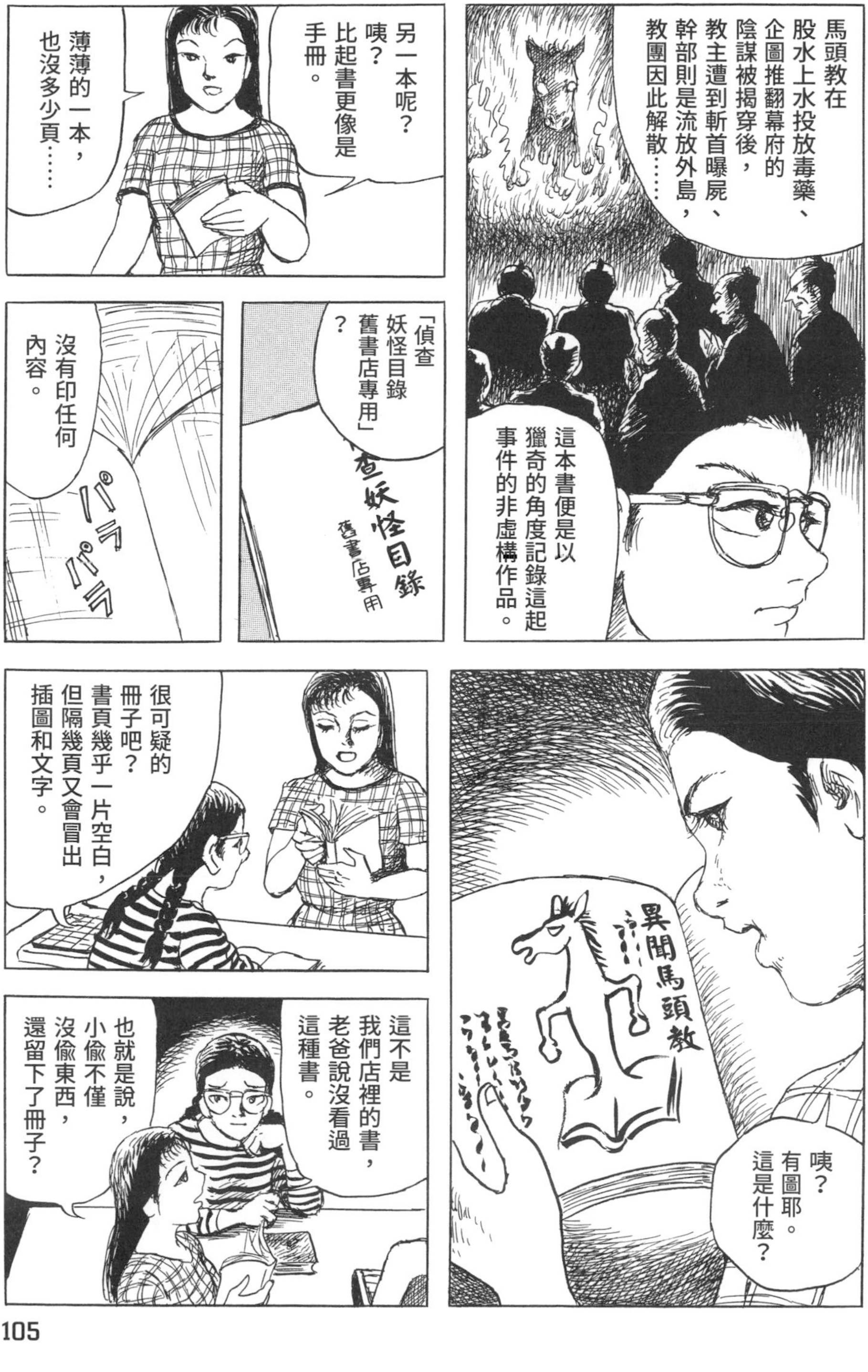

馬頭教在股水上水投放毒藥、企圖推翻幕府的陰謀被揭穿後，教主遭到斬首曝屍、幹部則是流放外島，教團因此解散……
這本書便是以獵奇的角度記錄這起事件的非虛構作品。
另一本呢？咦？比起書更像是手冊。
薄薄的一本，也沒多少頁……
「偵查妖怪目錄舊書店專用」？
查妖怪目錄
舊書店專用
沒有印任何內容。
パラパラ
（啪啪）
異聞馬頭教
咦？有圖耶。這是什麼？
很可疑的冊子吧？書頁幾乎一片空白，但隔幾頁又會冒出插圖和文字。
這不是我們店裡的書，老爸說沒看過這種書。
也就是說，小偷不僅沒偷東西，還留下了冊子？

可能是不小心遺落的吧？
而且偏偏和這本書放在一起。
白天來的奇怪客人……感覺不太對勁……
怎麼辦……
但要是弄丟它就糟了……
カラカラ…
（喀啦喀啦）
好像沒人在。
啊！原來掉在那裡！

太好了！趁現在……
ガボッ
(碰)
抓到了！抓到了！
哇啊！
你就是小偷吧？快點從實招來！
不是的。我只是掉了那本目錄在這裡。
那麼，昨晚怎會有兩隻詭異的妖怪在店裡鬧事？
那是……其中一隻是原本就在這家店裡的妖怪啦。
什麼意思？
眞沒辦法……照理說是不能告訴妳們的……

我的眞實身分是妖怪圖書管理員。
妖怪圖書管理員？
我沒說謊，妳們看，我有證照。
證照(臨時)
十口木一
本人經考核認定擁有妖怪圖書管理員資格。
平成十八年八月一
妖怪總大將
山本五郎左
Jukkuchi Mokuichi？這是什麼？
是念成Tokuchi Kiichi啦。(註)這是我的名字。
「十口木一本人經考核認定擁有妖怪圖書管理員資格。平成十八年八月一日」……不就是上個月而已嗎？
我是新人。這是我第一次出任務。
還寫著「臨時」呢。
目前是臨時證照，所以要是我一下就弄丟目錄，會被吊銷證照——
眞沒辦法，還給你吧。但你要告訴我什麼是妖怪圖書管理員。
只要是舊東西，都會被神靈依附或匯聚意念吧？就像付喪神……
舊書也一樣。我的工作就是尋找變成妖怪的舊書，回收它們。

(註) 兩者皆爲「十口木一」的日文念法。

回收到哪裡？
這是祕密。事情就是這樣，給我《異聞馬頭教》……
好啊，八千五百圓。
咦——？要收錢嗎？
當然啊。
可是——……那是妖怪啊——！
怎會是妖怪？不過就是一本書。
才不是！這本書吸收教主的恨意化成了妖怪。只要這本書在身邊，就會看到血淋淋的馬頭幻影啊。
是你捏造的吧？
而且我們店是做生意的，管他什麼妖怪不妖怪……
是說……這本目錄有其他的圖耶……
這是什麼奇怪的蝴蝶？背上還寫著「珍妙昆蟲圖鑑」……
珍妙昆蟲圖鑑
《珍妙昆蟲圖鑑》嗎？放在那一區。
這本？

バタ
バタ
バタ
（啪噠啪噠啪噠）
哇啊！
ズボッ
（咻）
這傢伙是像蝴蝶的妖怪，會擬態成書定居在書店。
這家店裡還有其他幾本圖鑑類的書是妖怪擬態而成。
上次的「蠹魚」也是擬態進到店裡，兩者好相似啊。
這本書也要買下嗎？
它沒有危險性，放著不管也沒關係。
太好了，既然這麼稀有，我就收爲非賣品。家裡應該有捕蟲籠吧？
別管那些了，給我《異聞馬頭教》……
付錢啊。
預算不夠啦——！上層說這次要用五千圓以內的價格回收。
眞是小氣的組織。
話說回來，你們到底是什麼組織？爲何要做這種事？
這……我不能說。

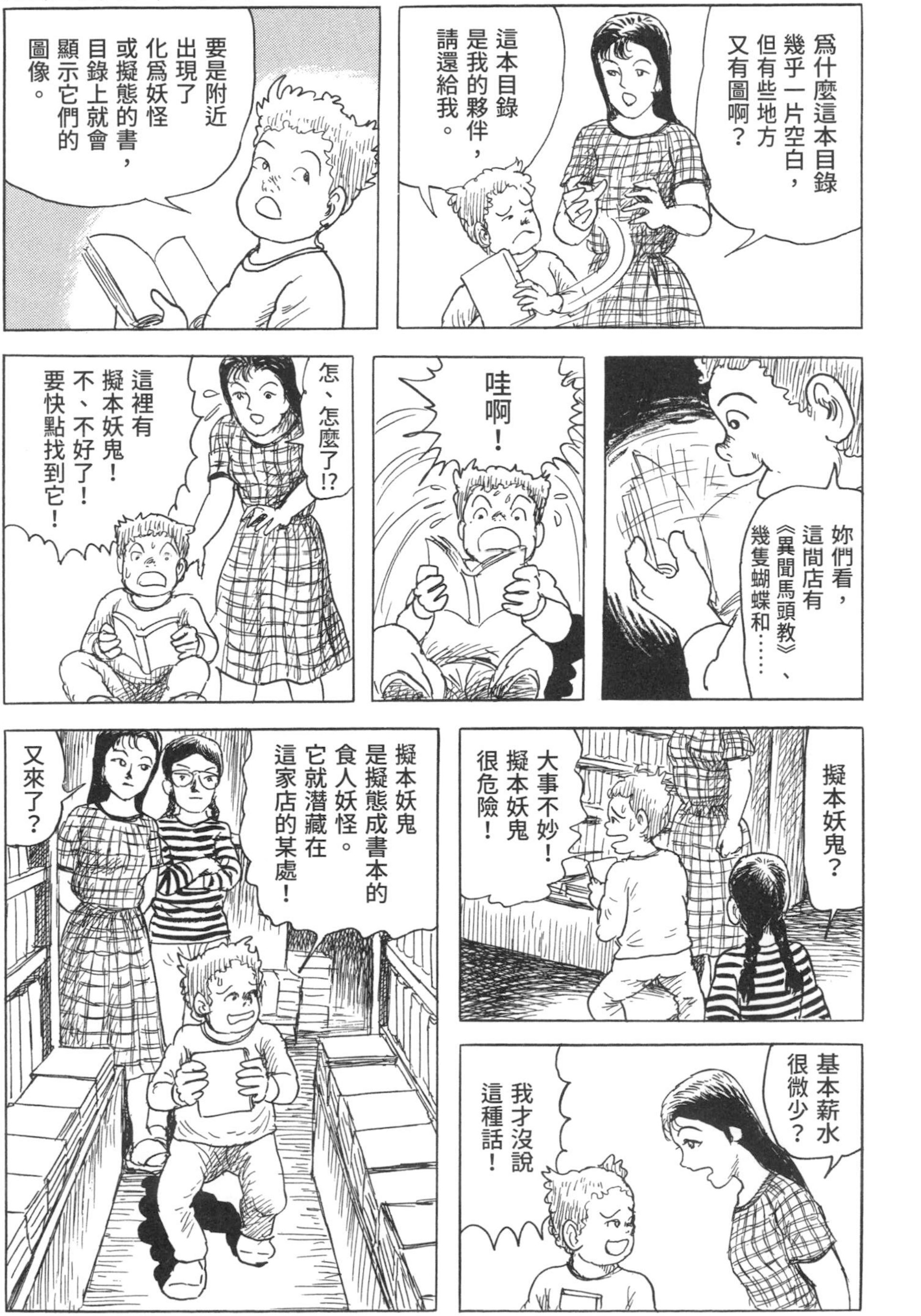
爲什麼這本目錄幾乎一片空白，但有些地方又有圖啊？
這本目錄是我的夥伴，請還給我。
要是附近出現了化爲妖怪或擬態的書，目錄上就會顯示它們的圖像。
妳們看，這間店有《異聞馬頭教》、幾隻蝴蝶和……
哇啊！
怎、怎麼了!?
這裡有擬本妖鬼！不、不好了！要快點找到它！
擬本妖鬼？
大事不妙！擬本妖鬼很危險！
擬本妖鬼是擬態成書本的食人妖怪。它就潛藏在這家店的某處！
又來了？
基本薪水很微少？
我才沒說這種話！

妳們未免太冷靜了。
我們之前被擬態成書的魚吞進肚子過，後來是平安得救了啦……
這可不是好對付的傢伙！它會突然咬住妳們的頭，將整個人啃食殆盡！
眞可怕。要怎麼找出它來？
放心吧。目錄已經顯示出它擬態的樣子……
找到啦。它化爲《戀人之園》這本書了！
啊，有這本書。記得是結合插圖和散文的精裝本。
書滿大一本的。放在哪裡呢？栞，妳找找那邊。
沒問題。《戀人之園》，沒錯吧？
我記得是最近進貨的書。好像是從倒閉的舊書店流出、後來老爸在拍賣會買回來的……
我想起來了，老爸說過，那家店的老闆目前下落不明。
八成是被吃掉了。

我記得放在這裡，怎會找不到？照理說大開本的書不會弄混……
紙魚子，我找到《怪人之國》了。
咦？這是什麼……
怪人之國
雖然很像，但不是啦。再仔細找找。
話說，要是找到書，你會買下來嗎？那本書不便宜喔。
別開玩笑了！那不是書，是化爲書的妖怪啊！
如果放著不處理，妳們會落得和那家店的老闆相同下場。
算了，我晚點再和老爸討論吧。
話說回來，我們店裡有《怪人之國》這本書嗎？
找不到……
怪人之國
怪人對怪人
ズッ
怪人之國

(嗖)

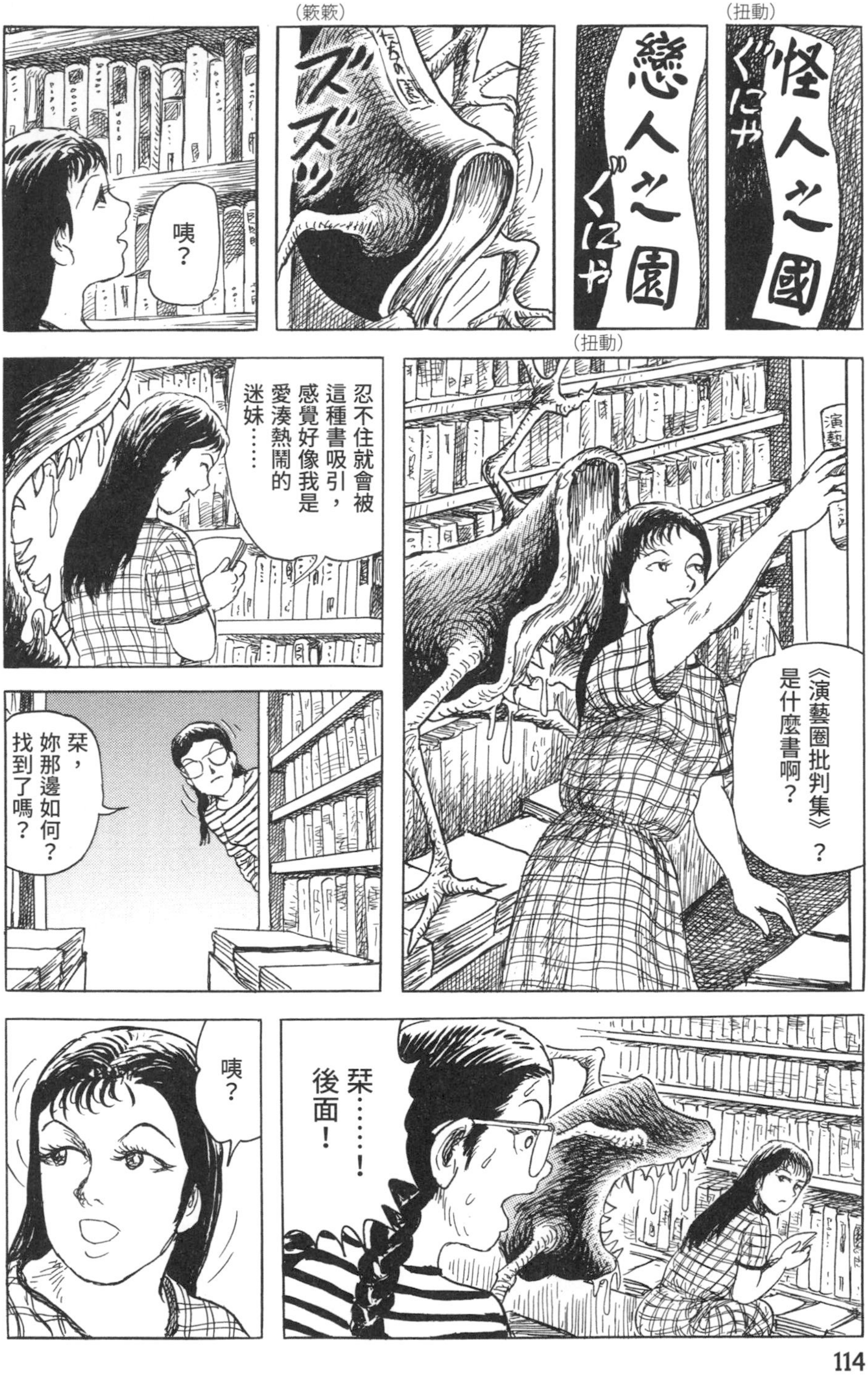
（扭動）
怪人之國
ぐにゃ
戀人之園
ぐにゃ
（簌簌）
ズズッ
咦？
（扭動）
《演藝圈批判集》？是什麼書啊？
忍不住就會被這種書吸引，感覺好像我是愛湊熱鬧的迷妹……
琹，妳那邊如何？找到了嗎？
琹……！後面！
咦？

呀啊!!
バコッ
(啪)
(咬)
(嘩)
ガキッ
(喀)

哇！該、該、該、該怎麼辦？
喂！你不是專家嗎？快想想辦法！
可是——我還是新人啊——！
眞是的——
栞！撐住！
メキメキメキ、、
（劈哩 啪啦 劈哩）
嘔！
嘔嘔嘔！嘔嘔嘔！

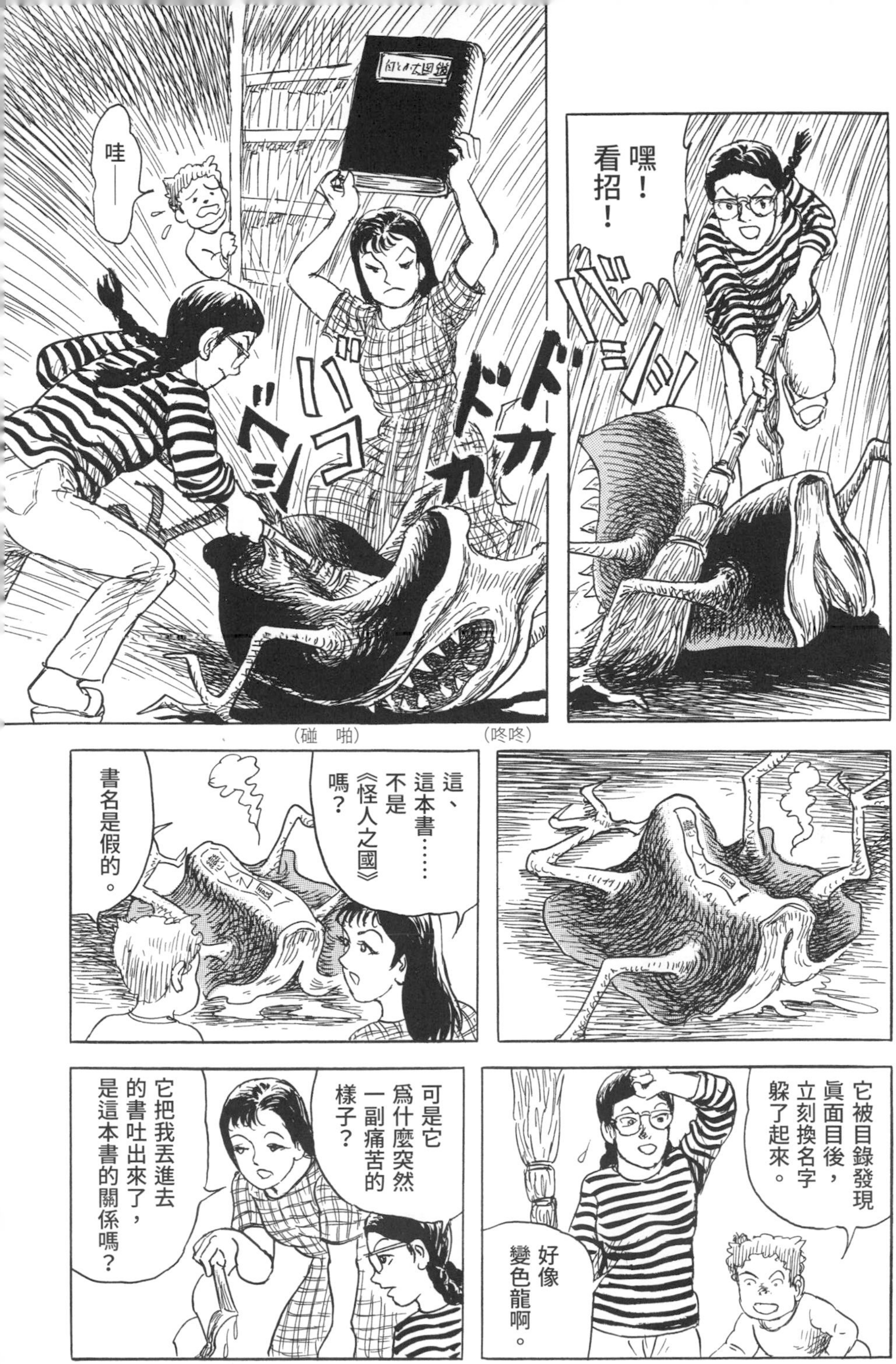
嘿！看招！
(啪)
哇——
(碰 啪)
(咚咚)
這、這本書……不是《怪人之國》嗎？
書名是假的。
它被目錄發現真面目後，立刻換名字躲了起來。
好像變色龍啊。
可是它爲什麼突然一副痛苦的樣子？
它把我丟進去的書吐出來了，是這本書的關係嗎？

啊，這本書！作者是以辛辣聞名的評論家。
應該就是它了。聽說擬本妖鬼雖然會吃人，卻非常挑食，討厭難吃和辛辣的東西……
欸，《異聞馬頭教》也給我啦——！
不行，光是你手上那傢伙就讓我們店損失慘重了……
之後它會噴出毒氣喔。
別瞎扯了。
至少降價到五千圓嘛，拜託——！
呃——這實在有點……

妖怪圖書管理員♣完

琹與紙魚子物怪錄

不好了！不好了！
貓小屋
不好了！神主在嗎？
怎麼啦？吵死人了。又是你啊？
喂喂喂，怎麼突然說這種話？
發生什麼事了嗎？
神主！您有辦法緊急召集胃之頭地區的妖怪們嗎？
山本大人派遣使者來傳達詔令，是緊急要事……
咦？山本大人嗎!?
不得了啦！

山本大人下了指令嗎？
什麼詔令啊？眞討厭，該不會要漲稅金吧？
喂，木一！使者在哪裡？
我先轉達山本大人的詔令吧。我們這邊必須派出三名妖怪。
三名妖怪？
什麼事啊？
似乎是很重要的任務，才會在各地徵召本領高強的妖怪……
胃之頭地區也有三個名額。
本領高強的妖怪？這附近有這種傢伙嗎？
沒有呢。

眞沒辦法，再來抽籤決定吧。
這次的任務似乎相當艱鉅，如果讓奇怪的傢伙赴任又失敗，可能會遭受怨懟啊。
說什麼奇怪的傢伙？眞沒禮貌……
那就派你去吧。
不好意思，我就是奇怪的傢伙。
要派出實力高強的妖怪才行啊……
就說這裡沒有這種妖怪了。
眞是的，討論不出結果嘛。要說妖怪的實力，就是變身吧？
既然如此，躁狀寺的狸貓和尚無疑是第一人選啦……
說、說什麼傻話。這種時候，當然是讓冑之頭町妖怪集團的幹部——股毛神社的神主出場……
黑毛怪，就派你去吧。
我才不要，山本大人那裡有好多妖怪。
你不也是妖怪嗎？
對、對了。這座町最具實力的妖怪，肯定就是那位了。
對啊！還有那個人嘛！
沒錯、沒錯，總之第一個人選出來了。
不過對方願意去嗎？

總之，先拜託看看吧。畢竟對方很重視敦親睦鄰……
對方不會來這裡嗎？
嗯，是最近搬來的居民。不太會參與這樣的聚會。
那就請你們幫忙交涉了，或是乾脆介紹給我吧。
貓小屋的老闆和對方比較熟吧？
但我和他們家的猶格有點過節……
不然就去找你也認識的宇論堂吧……宇論堂的女兒好像經常出入對方家。
ガタガタ
哇啊……！
（喀噠喀噠）
パーン！
（啪）

喂！決定好要派誰了嗎？
哇啊！還沒。請再稍等一下。
動作快一點！我還得到其他地方傳令！
我明白了。請不要擅自跑出來。
古書
哦，是你啊。今天來幹麼？又有妖怪了嗎？
不是的，這次不是什麼大事。我想請妳幫個忙……
是這樣的，聽說這附近住著一位小說家……妳能幫我引介嗎？
幫什麼忙？
是可以啦……你是段老師的書迷？
嗯，算是啦。

話說，你手上拿的是什麼？
啊，沒什麼，不用在意……
……？
因爲有點緊急，如果妳願意引介，可以盡快嗎……
好啊。你稍等一下，我把看店的工作交給我爸。
感覺是很有價值的書。
你老實說吧，找段老師有什麼目的？
說什麼老實不老實……不是多大的事啦……
啊，對了……小說作家不是都有很多藏書嗎？我在想其中會不會混進奇怪的書……
哦？如果是段老師家，確實有可能。

就是這裡。
哇！完全是鬼屋呢。
咦，這不是栞嗎？
哎呀，是紙魚子啊。
噓！克蘇魯妹妹剛睡著。
不是這邊，段老師的工作室在那邊。
哇！等等……
唔——嗯——沒有靈感啊——靈感呢——……
作者也沒有靈感啊—
不好意思……抱歉打擾老師工作……

有人想要見老師一面……
嗯……哦？是紙魚子啊。是誰？書迷嗎？
啊，要是您在忙，沒關係的。
對了，尊夫人是在那邊的屋子裡嗎？
不如我就在那邊等您吧……
什麼嘛？我正想散散心。
散心去 散心去
咦，你手上拿的是什麼？
啊，這個是我向別人借來的卷軸……
哦，讓我瞧瞧吧？
サッ
（沙）
哇！慢著……
不行啦！請還給我。
有什麼關係。一下下就好……
真是幼稚
ガサガサ
（喀沙 喀沙）
バタバタバタ
（啪噠 啪噠 啪噠）

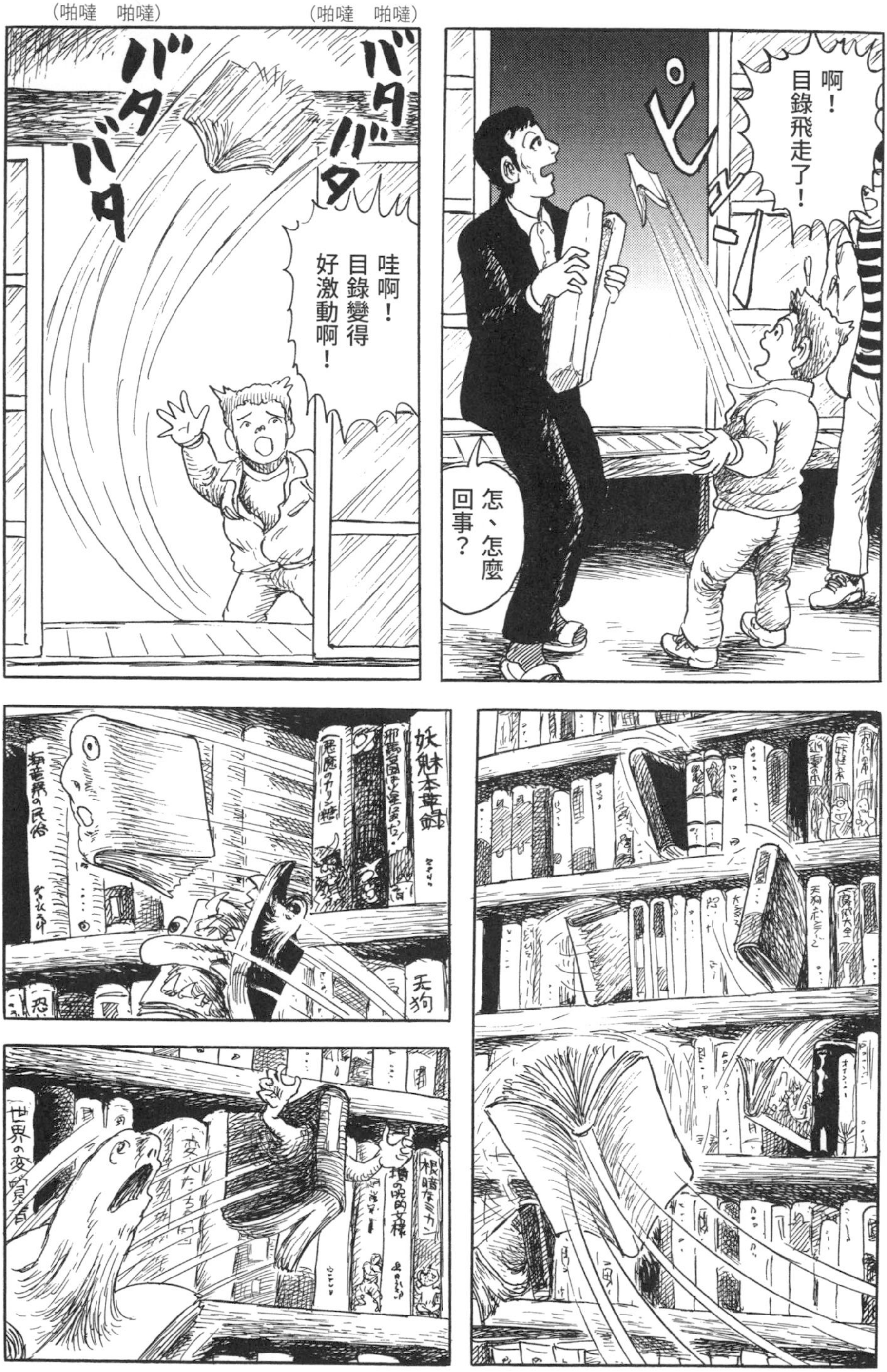
（咻）
啊！目錄飛走了！
怎、怎麼回事？
（啪噠　啪噠）
（啪噠　啪噠）
哇啊！目錄變得好激動啊！

哇啊！
這間書房裡
全是妖怪書！
怎麼了!?
糟糕！
我的書……
讓我來
瞧瞧。
那是什麼？
喔？

哎呀！這是……
哇！好多妖怪……這是什麼卷軸……
該……該不會是尚未被發現的臨摹作品吧？
紙魚子，妳認得這幅卷軸？
妳聽著，這是……
（碰！）
ボン！
實在太慢啦！山本大人等不及了！
搞什麼？只有兩名嗎？明明囑咐要準備三名的……算了，總之妳們先過來吧！
呀啊！
怎、怎……怎麼了!?

(轟)
呀啊——!
哇——
處理這間書房感覺會是個大工程。
今天有其他任務，
下次再……
截、截稿日迫在眉睫啊……
咦，卷軸打開了……？
咦咦咦？
倒掛人頭使者不見了。
發生什麼事？
該、該不會……

作者的截稿日也快到了……

紙……紙魚子——！
救命啊——！
バシャ
（唰——）
呀啊！
啊！栞！
啊……噗嚕嚕……
（咻咻咻）

這是……
水井？
太好了，
幸運得救。
謝謝妳。

換上這衣服。
啊，謝謝……
請問……這裡是哪裡？
……
眞冷淡啊。
(啪)
パタッ
啊，手機！剛才掉進水裡，不知道還能不能用……
啊，沒壞耶。……可是沒有訊號……
請問……我們要去哪裡……？

就在那裡。
妳拿著這個
過去就行了。
記得說妳是中村平
左衛門家的使者，
祝妳一切順利。
咦……？
到底是……
什麼情況……？
呃……
不好意思……
打擾了……
咦？
打開了……
キイ。。。
(嘰)

（嚇）
ビクッ
請問……
（盯——）
じ~~~っ
來者何人!?
呃，我是……中村……中村平左衛門家的使者……
中村大人……？既然如此，妳就從那邊上來吧。

不好意思……
請收下……
唔……
哦？是牡丹餅啊。
感激不盡。
じ〜〜
（盯——）
看起來不像侍女，
相當大方冷靜……
但這或許是……
請……請問……
這裡該不會是日光江戶村……？
（以前也說過這句話呢……）
日光？日光怎麼了？
不是的，呃……
您是武士……嗎？
……？
在下名爲稻生平太郎。
確實出身武家名門……
妳身爲使者，卻不知道在下是誰？
不，呃……
該說是不太清楚嗎……
不好意思，我經驗尚淺……
沒關係，妳毋需在意。
在下招待妳用茶吧。

傷腦筋……接下來該怎麼辦？那個人……該不會是真正的武士吧……？
真是可疑的姑娘……不能對她掉以輕心……
對了，妳的大名是？
呃……我叫……ㄎㄢ……
哦，刊大人啊？
不是啦，是栞……
嗯？
ガラガラ
（喀啦喀啦）
ガラガラ
（喀啦喀啦）
ガラガラ ガラガラ
（喀啦喀啦 喀啦喀啦）

哦，今天玩這花招啊？
ガラ ガラ ガラ
（喀啦 喀啦 喀啦）
刊大人，或許妳已略有所聞，這座稻生宅邸自今年七月起便不時發生怪異之事。
不過沒人受到危害，所以毋需擔心。在下稍微去查看一下。
栞，栞……
咦？
剛剛的是……紙魚子的聲音……？
栞，這裡！在茶碗裡。
咦!?

紙魚子!?妳怎麼在這種地方?
噓!別管我了,妳在稻生家吧?
對啊。我不知不覺就進到這屋子了,到底是怎麼回事?
我不但掉進水井,這裡還有個打扮得像武士的人,他叫平太郎……
噓!妳聽好,我們似乎捲入大麻煩了!
那位稻生平太郎是兩百多年前實際存在的人。我們必須化爲妖怪嚇唬他才行。
妳、妳在說什麼啊?我做不到啦!
做不到也要去做,否則就回不了胃之頭町。

因爲我們被選爲胃之頭地區的妖怪代表……
開什麼玩笑！爲什麼是我們!?
八成是木一那笨蛋害的。
他不是拿了一幅卷軸過來嗎？
那幅卷軸好像是《稻生物怪錄》。
咦？那是什麼!?
《稻生物怪錄》記述的是在江戶時代中期，名爲稻生武太夫的人所經歷之事，因平田篤胤撰寫序文而聞名。武太夫的乳名是平太郎，這幅卷軸便是記載他在名爲平太郎的時期與某人挑戰試膽，整整一個月遭到妖怪嚇唬的故事。
將此事以圖畫詳細記錄下來的《稻生物怪錄繪卷》也相當有名。木一手上的便是《稻生物怪錄繪卷》的摹本之一，但看來不是普通的繪卷……

啊！平太郎回來了。
總之就是這麼回事，妳加油啦。
什麼加油……慢、慢著，紙魚子……
刊大人，妳在與誰說話？
沒、沒事，我在自言自語。
那個杵臼和木杵看似無害，放著不管也無妨。
等一等，他是兩百多年前的人……那麼，這裡是江戶時代？他是真正的武士？
該、該怎麼辦才好——……

必……
必須嚇唬他
才行……
呃——
是這樣的……
有個人在夜晚
開車，奔馳在
山路上。
車？
路旁出現一名
身穿白衣的女子，
要求載她一程，
於是那個人就讓
女子上了車，
結果……
他轉頭一看，
發現女子
不知何時
消失了……

他覺得很詭異，停車看向窗外，渾身是血的女子突然現身……
是乘客沒抓緊扶手，從人力車上摔下來了吧？
不是啦，不是這樣的……
弄、弄錯了，不是說鬼故事嚇他，要變成妖怪才對嗎？
可、可是，我辦不到呀。怎麼做才能嚇到他？
對了！我有手機啊。江戶時代的人應該會被手機嚇一大跳吧……
雖然沒訊號，但還可以拍照……來，笑一個……
チャッ
(啪擦)
!?
那是什麼？
這是南蠻的妖術──你看，魂魄被我吸走啦。
啊！妳果然是妖怪的同夥！

呀啊——！
把在下的魂魄還來！
妖怪！別跑！
栞，這裡！這裡！
啊！紙魚子！
慢著！妳在哪裡!?
後門在那裡！
消失了？可惡的妖怪……

南蠻的妖術？那是哪門子妖怪？
沒辦法啊！我又不是眞正的妖怪。
來了！在這裡。
啊！木一！
你、你這傢伙，拿了什麼鬼東西來啊！都是你……
明明是妳們擅自打開我聯絡用的卷軸——
我本來打算拜託小說家的夫人。但夫人好像有要事，沒辦法立刻前來……
但總算湊齊三個人了……
咦？我們還算在內嗎？
沒辦法，因爲妳們都來了嘛。總之得先去和山本大人打招呼才行……
山、山本大人是誰……？
哼！你們這群傢伙，個個都派不上用場！平太郎那小子還一副氣定神閒的模樣！

我……我們努力過了……
若是沒能讓平太郎那小子感到害怕，我山本五郎左衛門的臉要往哪裡擺？這裡就沒妖怪有本事把那小子嚇到昏倒嗎？
由我出馬吧……
哦，頭赤子嗎？很好，去吧。想必你能讓那小子害怕得渾身發抖吧？
還有誰沒上場過？
就是妳了。一起上吧！
喂……妳在做什麼？
太難得了嘛，就拍張照……
笨蛋。

我剛才嚇過他了，不用再去吧？
總之一起來嘛。還是妳想和那些妖怪待在一起？
哦？遇到有趣的傢伙了。
什、什麼？
那傢伙名爲定八，與平太郎素有交情。
先化身爲那傢伙吧。
只要拿著這面鏡子，就可以變身爲映照出來的人。我這就來耍耍平太郎。

ひょい
（咻）
啊！小偷……
噓！只是借一下……
定八，怎麼啦？你的頭上長了腫包嗎？
平太郎大人，這不是腫包……
モコモコモコ
（攢動攢動攢動）

嘿嘿嘿嘿……
定八！
原來你懷孕了？
才不是。我是男人啊。
哇！雙胞胎！要找產婆來嗎？
就說不是了！
待在這裡沒關係嗎？不會有其他人來？
放心、放心，這屋子只有平太郎一個人住……
總之，手機借我一下。
妳要做什麼？
妳剛才不是拍了妖怪的照片嗎？就用這面鏡子……

要選誰呢？
啊！這個如何？
哇！變身了！
如何？這樣一來，連我都能嚇到平太郎啦！
ドドタタ
太狡猾了——！要是我也用鏡子……
（噠噠）
你這傢伙！大白天就讓在下看什麼生產的場面！
等等！你搞錯了吧！哇啊——！
哼哼，等他回到房裡就來嚇他吧。
沒問題嗎？他可是揮舞著刀呢。

放心啦，平太郎不管看到什麼都很冷靜。《稻生物怪錄》是這樣寫的……
嘻嘻嘻嘻……
哇啊！妖怪又出現了！
カッ
(喀)
一個接一個冒出來……你們有完沒完——！
呀啊——！
呀啊啊啊啊……！

パカーン
（啪）
啊——嚇死我了。這和《稻生物怪錄》寫得不太一樣吧？
這個「不太一樣」可是差點要了妳的命呢！
哇——！妳們搞砸了嗎？
因爲我差點就要被殺了……
規則禁止直接對平太郎造成傷害或施暴啊。
必須以妖怪的方式，讓平太郎嚇到心驚膽顫才行！
咦？有這樣的規定？
呃……如果讓那位山本大人知道，會怎樣嗎？
會因爲違反規定，讓這次的努力都付諸流水。
目前爲止有許多妖怪用盡各種辦法嚇唬平太郎，這下全都不算數了。恐怕不是被罵一頓就能了事的。
咦——？怎麼會！該怎麼辦？

糟糕！快點醒來啊！
哇——不行，他失去意識了。
下一個妖怪馬上就要來了，被發現就糟啦。
怎麼辦……對、對了，總之先把平太郎藏起來……
要是平太郎不在家，一下就會被拆穿……
不然該怎麼辦嘛……
啊，我想到了！
咦？紙魚子，妳在做什麼……
等一等，怎麼回事!?
在平太郎醒過來前，妳就暫時代替他吧。

怎、怎麼這樣……而且爲什麼是我……！
因爲是妳打昏他的……
那是爲了要救妳啊！木一，你和妖怪們是一夥的吧？你來當平太郎啦！
我、我不行。我還得去接小說家的夫人過來……
反正妳少了好幾根筋，加油嘍。
你們——！
眞討厭……妖怪們會輪番出現嚇唬我吧？
爲什麼我得做這種事……
……？

這……這是什麼……？
是葫蘆呢。爲什麼會冒出這種東西……
哇——眞擋路。到底想怎樣啊？
ゴソゴソ
(沙沙)
ゴソゴソ
(沙沙)
哇——眞噁心。但這種程度的妖怪，我在胃之頭町看多了。

好痛！
剛好有筆和墨水，就來塗鴉吧。
連踏台都準備好了，就算高處也不成問題……嘿！怎麼樣啊？小子？
搞什麼？怎麼一個個又毫無成果，還膽敢厚著臉皮回來！
一群無用之徒！既然如此，就讓吾人親自嚇唬那小子！
這就是蚊帳吧？真少見——

哇——好有氣氛。蚊帳眞不錯。
栞……
呀啊！
是我啦。
眞是的，剛才是目前爲止最嚇人的一刻。
別說傻話了。不好啦，山本五郎左衛門馬上要親自過來了。
咦？那該怎麼辦才好？
照之前的樣子反應就夠了吧？妳看起來應付得很順利。
別開玩笑了，換人啦。
現在不是時候，總之，段老師的太太很快就到了，之後再來討論對策吧。
ヒュ——ドロドロドロドロ
(咻——)
(轟隆轟隆轟隆轟隆)
哇！糟糕，過來了！

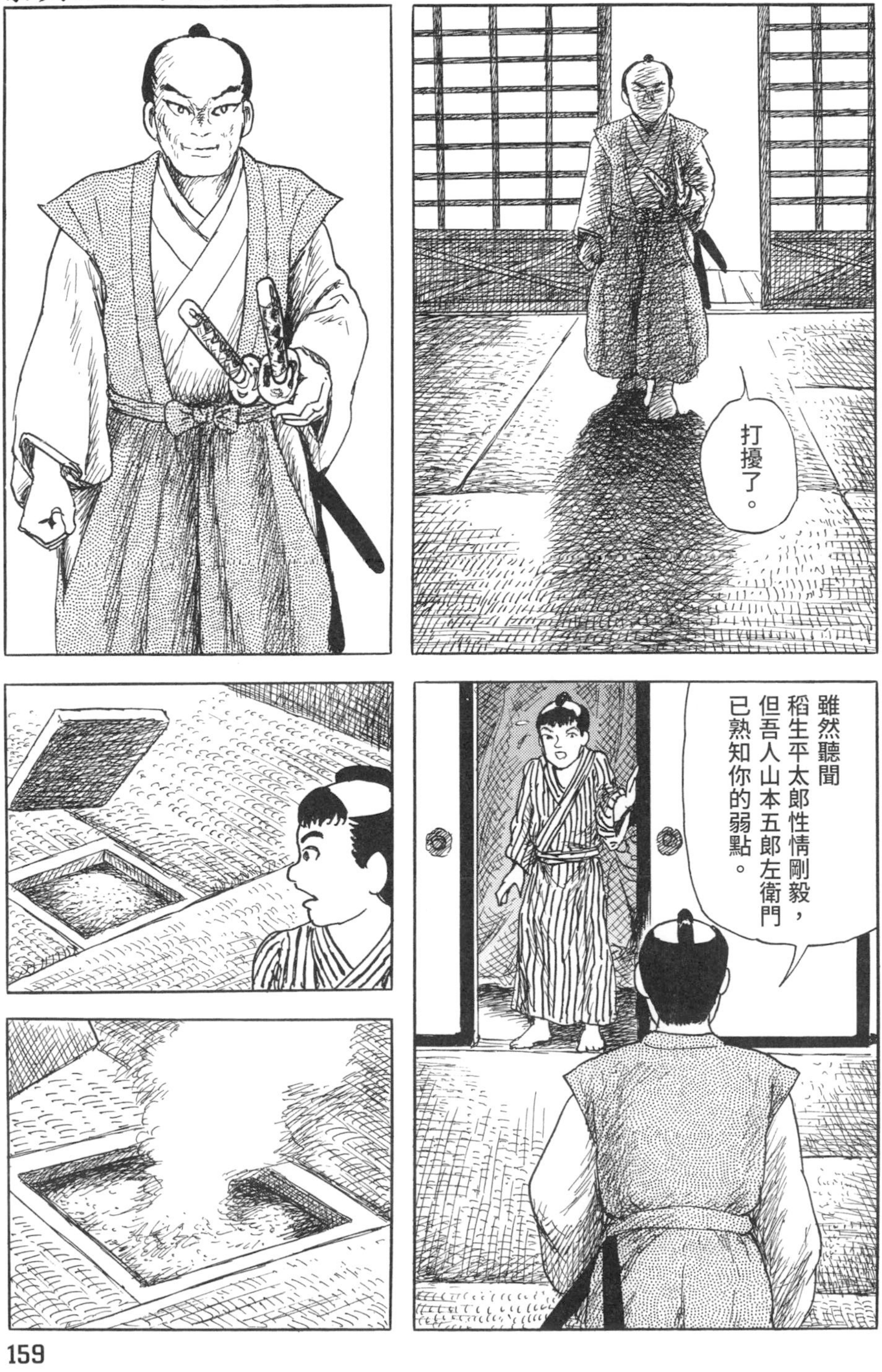
打擾了。
雖然聽聞
稻生平太郎性情剛毅，
但吾人山本五郎左衛門
已熟知你的弱點。

ボトボト
(噗通噗通)
呀！蚯蚓！
哈哈哈哈！吾人已調查清楚，你最懼怕的是蚯蚓。這次你總該沒轍了吧？
呀啊——！我放棄！紙魚子！換妳上場了！
我、我也怕蚯蚓啊！

哈哈哈哈！竟發出姑娘般的慘叫，看來你總算知曉妖怪的可怕之處！
但蚯蚓引起的是生理上的噁心吧？這違反規則了。
沒錯，還特地去調查對方討厭的東西……
吵死啦！只要嚇到那小子就贏了！
ヒュー
（咻——）
（喀噠　喀噠　喀噠）
咦？又有誰來了。
ガタガタガタ
這裡就是稻生宅邸嗎？
啊！那個聲音是……
バタンバタンバタン
（啪噠　啪噠　啪噠）

久等了……

哇啊！
出……出現啦！
是眞野惡五郎！吾人的世仇眞野惡五郎攻打過來啦！所有妖怪集合備戰！
啊，紙魚子小姐，我向夫人轉達妳的要求，請她用平常和丈夫吵架時的臉過來……
哇、啊……謝啦……夫人，可以了，請恢復原來的樣子吧。
咦，是嗎？雖然那才是我本來的樣貌……
哎呀，你是平太郎先生？栞在哪裡？
其實……我就是栞啦。
咦？

啊，清醒了嗎？要快點恢復原狀……
唔……
哎呀，琹什麼時候習得這種技能的啊？
這不是我學來的技能……
夫人，可以了，我們離開吧。
咦？我才剛到，還沒和這位先生打招呼……
不用了，沒關係。事情解決了……
是惡五郎！眞野惡五郎那混帳來啦！妖怪們！快集合所有成員迎擊！
山本大人，對方並非眞野惡五郎。是我拜託前來幫忙的妖怪同夥。
咦，眞的嗎？

平太郎大人，吾人山本五郎左衛門對您的豪膽不屈甚感佩服，因此吾等一族將撤離此宅邸，自今夜起將不再騷擾您。請原諒吾等至今爲止的失禮行徑。
咦……？這……這樣啊……？
於是，山本五郎左衛門帶領妖怪們離開了。這三十天在稲生家引發的妖怪騷動終告結束。
我們也平安回家，眞是太好了。
這個「美麗的侍女」指的是妳嗎？
上面寫說是大美女呢。

栞與紙魚子物怪錄♣完

弁財天生氣了！

好——！
趁現在天氣不錯，直接進行下一幕的拍攝吧。泳裝美女被原子怪獸攻擊的場景！
要拍是可以啦，但泳裝美女爲什麼會出現在公園啊？
況且她也不是美女……
你說什麼!?
啊，下雨了……
關機停拍！關機停拍！
啊！雨停了。
太好了，繼續拍攝吧。
哇啊，又開始下了。
這樣根本拍不成嘛！

下暴雨了！
喂，太詭異了，只有這裡在下雨，四周都是晴天啊。
ザー
ザー
（唰——唰——唰——）
啊，雨又停了！
咦，攝影機呢？
不是這台相機！
ガーン！
（鏘！）
痛死我啦……

呀——！
邊嚠同學好帥呀——！
早苗，妳怎麼把手機帶來學校了？
放心、放心，不要被發現就沒事。
ブシュー
（噗咻——）
怎、怎麼回事!?
咦，我的手機……？
也不是這個！
コ〜ン!!
好、好痛啊——

（噹！）

弁財天生氣了！

胃之頭公園
聚會時間最晚至十點
嚴禁用火・脱衣跳舞
人好多啊。真的有地方賞花嗎？
鬼虎小姐說她佔到位子了。
嘿！在這裡！
哇！是賞花的好位子！妳是怎麼佔到這種地方的啊？
我一來就看到這裡空著。好啦，快坐下吧。

那……那些人是？
他們只是喝醉睡著。不用管他們，來賞花吧。
這裡的櫻花不會像之前一樣冒出幽靈，眞是太棒了。
食物也不是姆爾姆爾……
請問……料理是鬼虎小姐……？
料理也是本來就在這裡的喔。可能是有人放的吧？
是……是這樣啊……
バシャッ
好壯觀的櫻花。拍一張……
（啪嚓）
妳手上的東西眞復古。
不是數位相機嗎？
這是Mikon的單眼底片機喔。相機就是要用這款嘛！
這麼說來，妳們知道嗎？聽說最近手持相機的人經常被怪東西攻擊……
我知道！我也受害了！
怎麼回事？
雖然不清楚原因，但拿著那樣的相機會被當成目標喔。
照妳這麼說，公園裡拿著相機的人不也很多嗎？

弁財天生氣了！

哇！我的相機……！
不是這個！不是這個！不是這個！
出現了！就是這樣！
什、什、什麼情況!?
糟糕！相機要被奪走啦！
バシュー
（唰——）
ドン
（咚）
啊！相機……！
啊！可能是這個！

ぱたっ
（啪）
我的相機被搶走了！
紙魚子，沒事吧？
紙魚子，妳確定在股毛神社找得到線索嗎？
我也不知道。但那怎麼看都不像人類做的好事。
咦？設了結界……
やははは
（哇哈哈哈）
チャンチャカチャン
（嘰嘰喳喳）
啊！這是結界——
眞誇張，居然設下結界來辦宴會賞夜櫻。
是是是——借過一下。
欸——嗝……這是結……嗝……

股毛神社有種櫻花樹嗎？
呃……晚安……
喔——！小妹妹們也來喝一杯嗎？
不了，我們還未成年……
哇哈哈哈！喂，櫻花！只是開花太無聊啦！表演一下啊！快表演！
那就來表演打頭的搞笑漫才吧。
你這笨蛋！
喂！別打啦！花都謝了！
やははは
（哇哈哈哈）
他們是移動型的櫻花妖怪。在哪裡都可以賞花，很方便喔。
啊！木一，你也未成年吧？
妖怪才沒有成不成年的問題呢。而且我是負責拍照的。
啊！借我看一下！
不是我的。好老舊的相機啊……

ジロリ
(睜開)
ベロン
(舔)
呀！
這是什麼……我還以爲找到線索，結果根本不是嘛。
什麼意思？
紙魚子的相機被偷走了。
原來妳們是來調查的嗎？該不會懷疑小偷是我吧？
ムッ
(哼)
不、不是啦。但犯人好像是妖怪，我們就來看看有沒有線索……
最近也陸續發生手持相機的人遭到攻擊的案件，你有沒有頭緒呢？
不知道……妖怪圈內沒聽說這樣的事……
你拿著相機，可能會被當成目標喔。
哈哈哈，不管對方是誰，想在結界裡偷走妖怪的相機也……
ザー
(唰——)
啊，下雨了……
結界要消失了！

（唰——）
哇！好不尋常的雨！
（咚）
哇！
相、相機被……
啊！出現了！
（咻）
嘿！
スポン
パッ
（啪）
搞什麼！這相機……沒禮貌！
（鏘）
ぱたっ
（啪）

剛才那是什麼？
好像不是我們的同類……
賞花宴都泡湯了。
有個透明的小傢伙撞上來，搶走我的相機。
我那時候也一樣，是和孩童差不多大小的傢伙。
啊！底片被拔走了！
看來對方的目標不是數位相機或手機，而是底片機。重點也不是相機本身，是裡面的底片。
所以我們要去哪裡？
照理說底片機拍攝的照片得拿去照相館沖洗，否則連顯影都沒辦法。
這附近的照相館現在只剩一家了。
「微笑照相館」。

微笑照相館
啊！等等！
牛排館
牛
微笑照相館
你是來拿昨天的相片吧？洗好嘍。
好的，一般尺寸就行了吧？
這卷底片也麻煩了——
跟蹤他。
剛才的底片好像是我的……
晚點再去拿回來！順利的話還能省下沖洗費。

弁財天生氣了！

是胃之頭公園。
明明是平日，今天公園卻充滿賞花的氣氛，甚至有人開始賞花了呢。
妳們不用上學嗎？
現在是春假。
啊！他走進弁天堂了。

這座弁天堂是祭拜胃之頭弁財天的古老聖堂，雖然肖似東京都內某知名公園的弁天堂，但兩者沒有關係喔。
妳在和誰說明啊？
哇！糟糕！不能進去！
咦？爲什麼？
周圍設有結界。
結界？那種結界輕輕鬆鬆就能通過了。
不，那不是我們妖怪用的結界，是神明大人專用的強力結界，不是能簡單穿過的。
這是結界——
喝！是結界！
是結界喔——

眞的耶。
看起來很強……
但那個角落的傢伙在看旁邊。
呃……妳們，等等……
（悄悄——）
成功進來了。
剛才那個小孩跑去哪裡？
紙魚子……弁天堂後面好像有人。

是……
是誰啊？
在這種地方
沐浴……
喂！
妳們是誰？
哼！
又來
偷看了！
抓到啦！
弁天大人！
抓到
偷窺狂了！

衣裳童子！衣服呢？
在此！
女孩？如果是那些男人，妾身早就當場戳瞎他們的眼睛。
眞、眞抱歉。
我們不是有意要偷窺……

請問……您是弁天大人嗎？
沒錯，妾身是這座弁天堂的主人。偷看妾身的沐浴之姿，實在太過失禮了！
話說，妳們是怎麼穿過結界的？
呃……因爲結界的眼神飄往旁邊……
其實……他們在看這邊……
什麼!?
ザバ
ザバ
（唰唰）
身爲結界，眞是成何體統！
這麼說來，弁天大人是水神……
バシッ
（咻）
就是因爲你們失職，才會有奇怪的傢伙混進來拍照吧？
咦，拍照？
沒錯！是狗仔隊！妾身被盯上了！

請、請問……近來手持相機的人遭遇攻擊，難不成是弁天大人……？
沒錯。因爲有人偷拍妾身的裸體……
妾身要拿回底片，向犯人降下天譴！
啊！我的相機……
是妳的相機嗎？這台相機和犯人的很相似，我就帶回來了。
看來不是這台相機，還給妳吧。
所以還是找不到犯人嗎？
沒錯，十六童子，都要怪你們太散漫了。
非常抱歉。
呃……我瞥見對方的背影……
好像是個穿著黑色衣服、身材高大的男子……
咦？穿著黑色衣服、身材高大……？
啊！這麼一說，我看過段老師拿著類似的單眼相機。

什麼？眞的嗎？
紙……紙魚子……要是沒弄清楚，段老師會遭天譴啊！
糟糕……！
妳們說的段老師在哪裡!?
老公！這照片是怎麼回事!?
妳、妳誤會了。這是拍風景的時候不小心拍到的！眞的啦！
非常抱歉，照片和底片應該全都在這裡了……
就是這張。

弁財天生氣了！

呃……您看著鏡頭耶，還擺了姿勢……
不小心就做出反射動作了……
他徹底反省過了……
唔……這樣啊？看在夫人的面子上，妾身就饒過他吧。
等、等等……老婆，我們談談吧！
讓夫人代爲處置吧。
啊——請問……您不降下天譴嗎？
不過，天氣還這麼涼爽，弁天大人不用在那種地方沐浴也……
很快就要舉行開龕儀式了，妾身是在池子進行祓禊。
開龕儀式？
妾身是弁天堂的祕佛，每年只會向世人公開露面一次。
下次的緣日，妳們也過來吧。好好瞻仰妾身難得一見的姿態。
好……
已經瞻仰得夠多了……

接下來，請各位瞻仰弁天堂的主佛——胃之頭弁財天大人。
胃之頭
弁財天尊
這尊弁財天大人俗稱裸弁天，如各位所見，祂以嫵媚的姿態抱著琵琶……
禁止攝影
おー
（喔——）
……那位女神到底爲什麼生氣啊？
畢竟寫了禁止攝影嘛……
納

桃太郎的復仇

紙魚子、紙魚子！
栞!?妳怎麼在那種地方？
遇到妳眞是太好了。快幫幫我！
怎麼了？妳掉進河裡了嗎!?
呃，算是吧……
謝謝，得救了。啊——全身都濕了。
到底是怎麼了？

還有，妳懷裡抱的是什麼？
啊，都是這東西害的。
我沿著上水散步的時候，看到這東西在河裡。
發現有個圓滾滾的東西載浮載沉漂了過來。
我很好奇那是什麼，就下到河邊去撿，結果……
呀啊！
バシャッ
(唰)
眞是的，妳又在做蠢事……股川上水雖然是條小河，但以前駄宰治(註)可是在這裡投水自盡呢……
不知爲何，就是讓人很在意嘛。喏，看起來像植物的果實吧？
什麼啊？最好不要隨便亂撿奇怪的東西。快丟掉吧。
咦——我費盡千辛萬苦才撿來的耶……

(註) 原文是「太宰治」的諧音，照漢字直譯會失去這個趣味，故換成中文可以直覺聯想到的譯法。

總之，妳全身濕淋淋的也不是辦法，快點回家換衣服吧……
ガサッ
（沙沙）
喂——等等，妳們……
什……什麼事？
那、那個……那個讓我看一眼好嗎？
咦？
就是那個！妳手上的！快給我！
紙、紙魚子……那個人是怎樣……？
感覺不太妙……快點逃跑比較好吧……
都說讓我看了……快！
ガチャ
（喀嚓）

我、我手上沒有東西啊！
喂！別跑！
呀啊——！有色狼！
救命啊——！有變態——！
等、等等，我不是色狼……
這到底是什麼啊？

讓人很在意吧？
本來以爲只是個塑膠玩具……是椰子嗎……似乎也不是……？
カタカタ
（喀噠喀噠）
形狀倒是有點像桃子……
沒有這麼大的桃子吧？
咦？有「喀噠喀噠」的聲音……
ブルルルル…
（顫抖……）
呀啊！
啊！怎麼了!?
ゴトン
（咚）
パカッ
（啪）

啊！裂成了兩半！有什麼東西蹦出來了！
紙魚子！妳只是把看到的說出來而已啊！
這是什麼!? 難道是外星人？所以那是幽浮嘍？
不會吧——
桃桃！桃桃！桃桃……
桃桃……？
桃桃……桃桃……
桃……老奶奶……
老……老奶奶……!?
誰是老奶奶啊!?
誰啊！
桃桃……老爺爺……
桃桃、桃桃，桃桃——！
他一直喊著「桃桃」耶。
該……該不會他是……

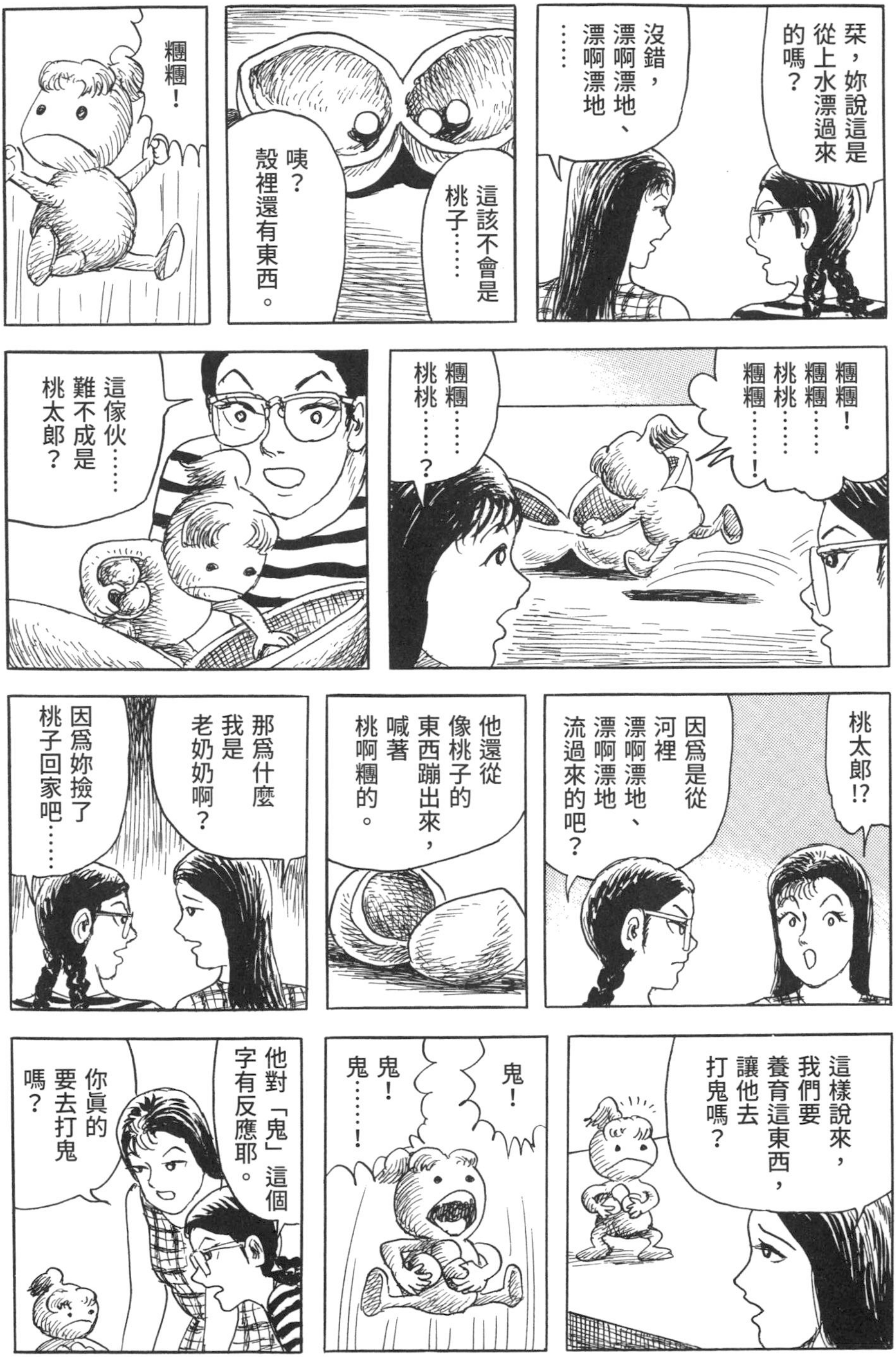
栞，妳說這是從上水漂過來的嗎？
沒錯，漂啊漂地、漂啊漂地……
這該不會是桃子……
咦？殼裡還有東西。
糰糰！
糰糰！糰糰……桃桃……糰糰……！
糰糰……桃桃……？
這傢伙……難不成是桃太郎？
桃太郎!?
因爲是從河裡漂啊漂地、流過來的吧？
他還從像桃子的東西蹦出來，喊著桃啊糰的。
那爲什麼我是老奶奶啊？
因爲妳撿了桃子回家吧……
這樣說來，我們要養育這東西，讓他去打鬼嗎？
鬼！鬼！鬼……！
他對「鬼」這個字有反應耶。
你眞的要去打鬼嗎？

打鬼！
打鬼！打鬼！
他、他好像變得很激動。
ダー
（噠——）
啊！
他跑到庭院了！
喵!?
啊！是島吉。
糰糰——！

ピトッ
（咚）
（唰）
バサッ
喵——！
咪、咪、喵……!?
狗——！狗！
牠不是狗啦，是貓。
狗！糰糰！糰糰！
糰糰——！
狗！狗！雞！雞！
那不是雉雞，是麻雀喔。
那些小球該不會是黃米糰子吧？

猴、猴猴、猴猴猴……
他在找猴子呢。
這附近不可能找得到猴子吧？
猴猴猴、猴猴猴猴……
肚子好餓——！有點心吃嗎——？
糰糰——！
啊！小章！
不好了！小章被當成猴子了！
狗！猴！雞！
拿不下來呀！
好痛！好痛！姊姊！好痛啊！
打鬼——!!

打鬼──！
打鬼──！
小章！你要去哪裡！？
我不知道──雙腳自己動起來了！
ドドドド
（噠噠噠噠）
糟糕！他們不曉得跑去哪裡了。
ドドドドド
（噠噠噠噠噠）

到底去哪了？
不知道啊！
怎麼辦？小章變成桃太郎的手下了。
誰教妳撿了奇怪的東西回來。
沒看到呢。
像這樣漫無目的地到處找也沒用啊。有沒有什麼線索？
要說線索……可是他喊著「打鬼——！」就突然跑走了……究竟是跑去哪裡……
就是這個。桃太郎的目標肯定是鬼島吧？
哪裡會有鬼島啊？
唔……至少胃之頭町沒有類似的地名……
啊！對面來的是木一。妖怪的問題就要找妖怪解決，去問他看看吧。

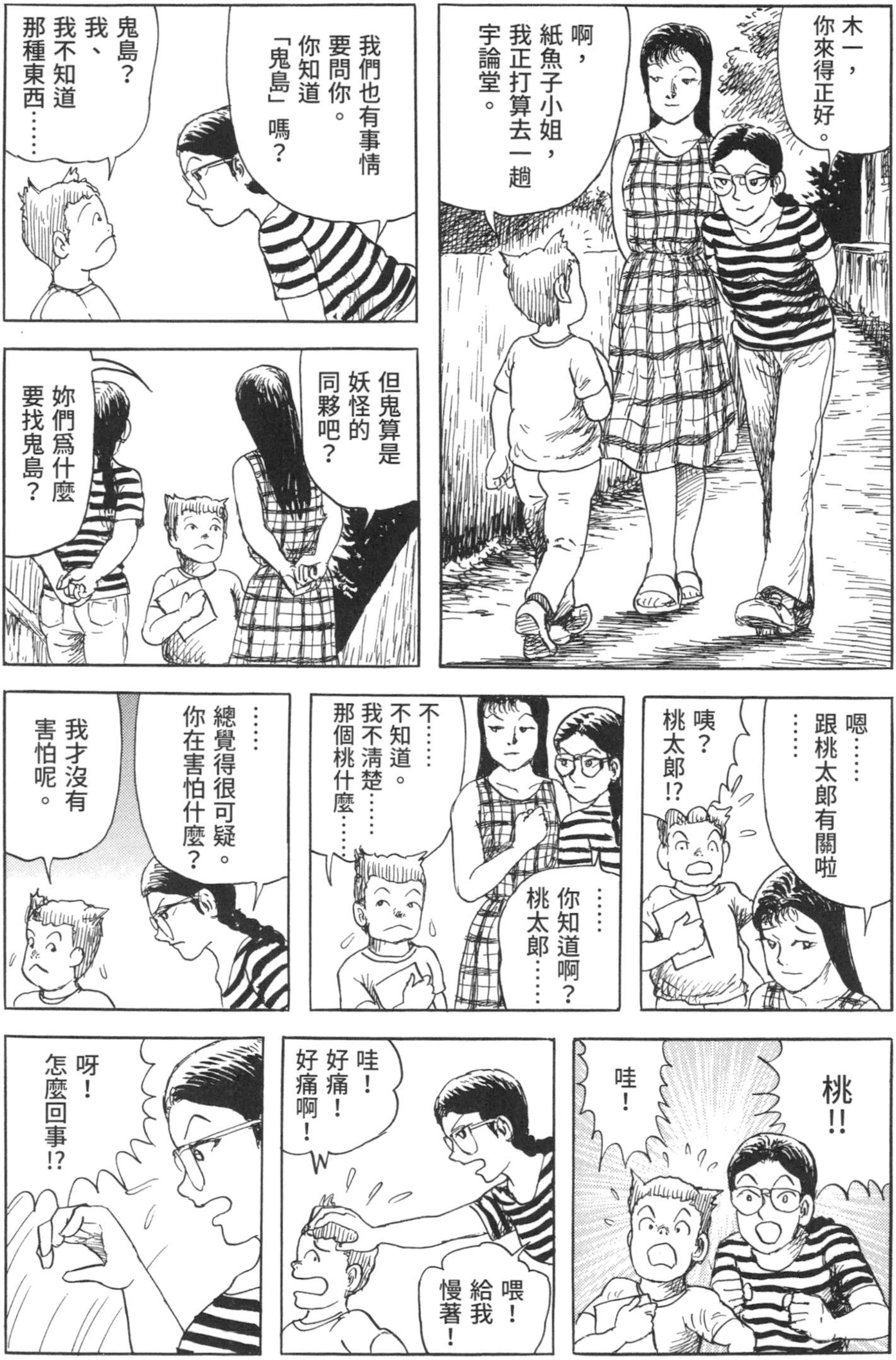
木一，
你來得正好。
啊，
紙魚子小姐，
我正打算去一趟
宇論堂。
我們也有事情
要問你。
你知道
「鬼島」
嗎？
鬼島？
我、
我不知道
那種東西……
但鬼算是
妖怪的
同夥吧？
妳們爲什麼
要找鬼島？
嗯……
跟桃太郎有關啦
……
咦？
桃太郎!?
……
你知道啊？
桃太郎……
不……
不知道。
我不清楚……
那個桃什麼……
……
總覺得很可疑。
你在害怕什麼？
我才沒有
害怕呢。
桃!!
哇！
哇！
好痛！
好痛啊！
喂！
給我
慢著！
呀！
怎麼回事!?

怎麼了!?
我一直以爲他頭上的是頭髮，結果有個刺刺的東西！
眞過分！因爲我的角還沒完全長出來嘛……
哇——！有角耶！原來你是鬼!?
畢竟你是妖怪的同夥嘛，也不意外……
爲什麼一聽到「桃」就害怕？
我們鬼族對「桃太郎」這個詞很敏感啊。
那你一定知道鬼島吧？
那……那是傳說故事，實際上不存在啦。
可是桃太郎眞的存在啊。
咦？在哪裡!?
栞撿到的怪東西裡蹦出了桃太郎，把小章、貓咪和麻雀收爲手下後，不知道跑到哪裡去了。
貓小屋
騙……騙人的吧……
是眞的。既然你是鬼，可能會被桃太郎征討喔。
怎……怎麼會……

哦？是木一啊。你有沒有看到島吉？
沒看到。
對了，我的行李寄放在這裡吧？
是啊，就在那裡。
百萬兩
島吉那傢伙去巡地盤後就沒回來了，眞是拿他沒辦法。
哇啊啊！栞姊姊來了……
爲什麼要躲起來？
我也有我的立場啊。身爲家貓的……
啊！找到了，就是這個。
這是什麼？面具？
這是爺爺在我離開家裡時給我的桃太郎感應器。沒想到眞的有用上的一天……

如何？
沒有什麼反應。
ブブ…
(噗噗……)
啊！有反應了！好像在這個方向？
反應越來越強烈了。
可能就在這一帶。
(嗶嗶 嗶嗶 嗶嗶)
哇！反應好大！
就在附近！

桃桃——！
出現了！
打鬼——！
哇啊！
小章！別跑！
哇——！姊姊！快幫幫我！
哇——！救命啊——！

桃太郎的復仇

啊！這不是島吉嗎？你去哪裡摸魚啦？
喵！喵！
哇——！又追過來了！
救命啊！桃太郎在追殺我！
木一，你怎麼急急忙忙跑來啦？
咦？桃太郎!?
哇啊！早知道就不要拿出這東西！
股毛神社
鬼——！鬼——！
哇啊！好痛！痛死啦……

（刺刺）

（啪）
バタッ
桃桃——！
哇！
救命……！
（嚇）
ガッ
呀！
（嘰嘰）
キキッ
桃桃！
鬼鬼——！

バクン
（夾住）
哇哈哈！太好啦——！抓到你了。
ポロ
ポロ
（噗咚 噗咚）
啊，掉下來了。
哇！是叔叔耶！
木一，你怎會在這種地方被桃太郎追著跑？
我戴上桃太郎感應器後就被追殺了。
誰教你什麼都沒準備，直接戴上那東西到處走。
要抓到野生的桃太郎，最好是像這樣使用桃太郎捕捉器。

野……野生的桃太郎？
沒錯，以前有很多，最近數量越來越少……好久沒抓到活生生的桃太郎啦。
請問……抓到後要怎麼辦？
當然是吃掉嘍。
吃……吃掉……？
聽說在我爺爺那年代，山裡還有成群的桃太郎……總之，因爲桃太郎只吃野生桃子，再加上鬼族濫捕，現在數量不多了。
而且，由於經常被鬼捕食，桃太郎對鬼族相當提防，一直處於備戰狀態……
獵捕桃太郎對菜鳥來說可是相當危險的喔。

木一，爲什麼你要獨自去獵什麼桃太郎啊？
我不是打算獵桃太郎啦。聽說桃太郎要來打鬼，我在預做準備。
可是，桃太郎感應器不是反而吸引了桃太郎過來嗎？
仔細想想，確實如此。
還有鬼族對「桃太郎」這個詞很敏感……
那是因爲桃太郎實在太美味啦。
木一眞的不知道桃太郎嗎？
我只聽過人類流傳的故事，一直以爲是恐怖的傢伙。
這也難怪，現在的年輕小鬼都沒看過桃太郎嘛。
請問……鬼也會吃人嗎？
吃人？別開玩笑了。
誰要吃那種難吃的東西……
難吃？意思是眞的吃過嘍？
今晚就用桃太郎來下酒吧。哇哈哈！好久沒享受美酒佳肴啦！

鬼還眞野蠻呢……
我、我可不吃那種東西……
栞，不能再亂撿怪東西嘍。
咦？是町子和早苗耶。她們在那裡做什麼？
啊！栞！紙魚子！
妳們兩個在幹麼……
我們撿到有趣的東西。從上水漂下來的。
妳們看，它坐在碗裡，就像搭著小船呢。

百物語

栞的故事
某天，有兩名男子相伴乘車兜風。
還沒抵達預定落腳的旅館，天色就暗下來了。他們在漆黑的山路上開著車，發現有什麼東西擋在路中央。
咦？有東西掉在馬路上。
這不是棉被嗎？
哇！裡面有人！
那竟然是個緊緊包著棉被的男人。

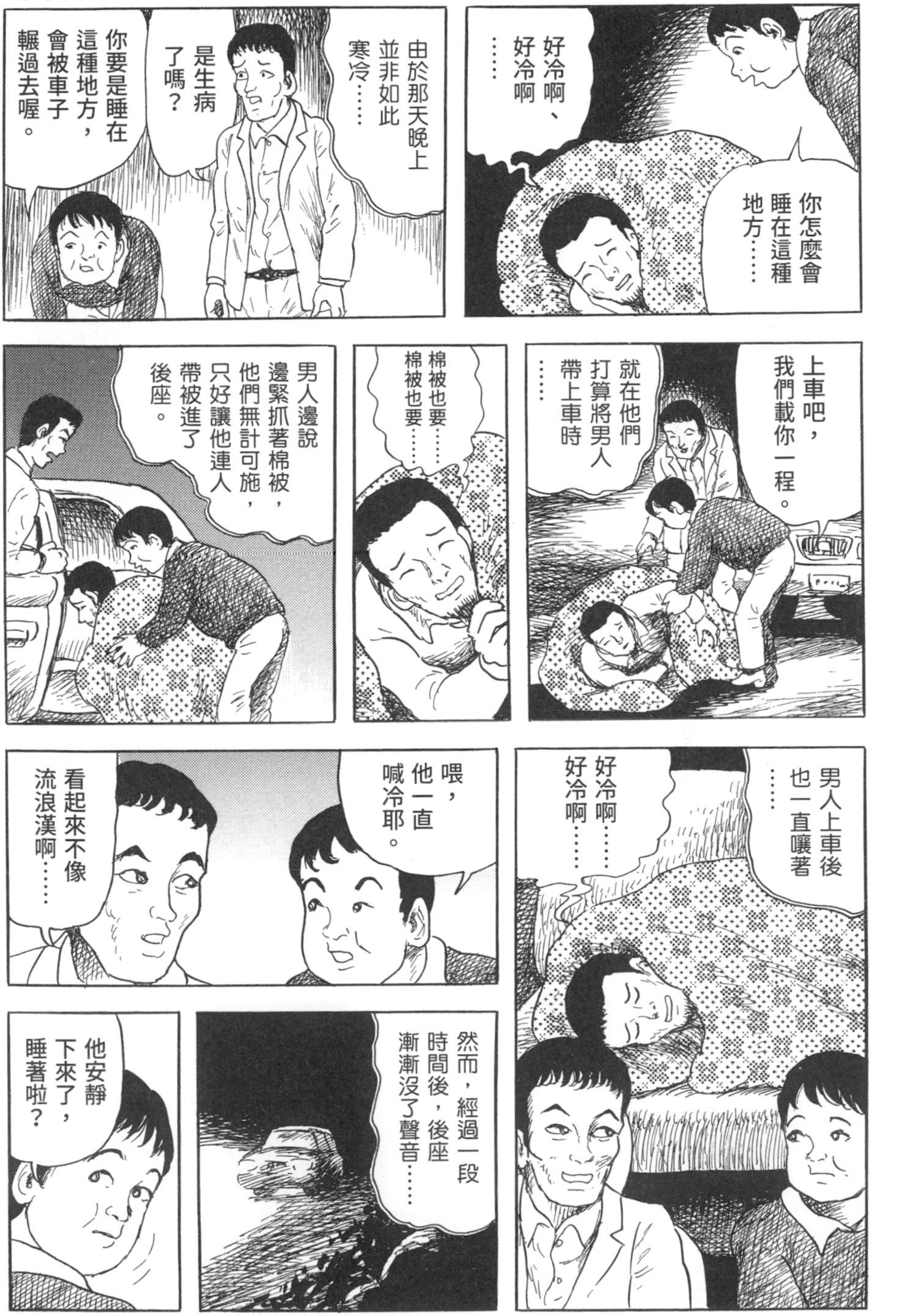
你怎麼會睡在這種地方……
好冷啊、好冷啊……
由於那天晚上並非如此寒冷……
是生病了嗎？
你要是睡在這種地方，會被車子輾過去喔。
上車吧，我們載你一程。
就在他們打算將男人帶上車時……
棉被也要……棉被也要……
男人邊說邊緊抓著棉被，他們無計可施，只好讓他連人帶被進了後座。
男人上車後也一直嚷著……
好冷啊……好冷啊……
喂，他一直喊冷耶。
看起來不像流浪漢啊……
然而，經過一段時間後，後座漸漸沒了聲音……
他安靜下來了，睡著啦？

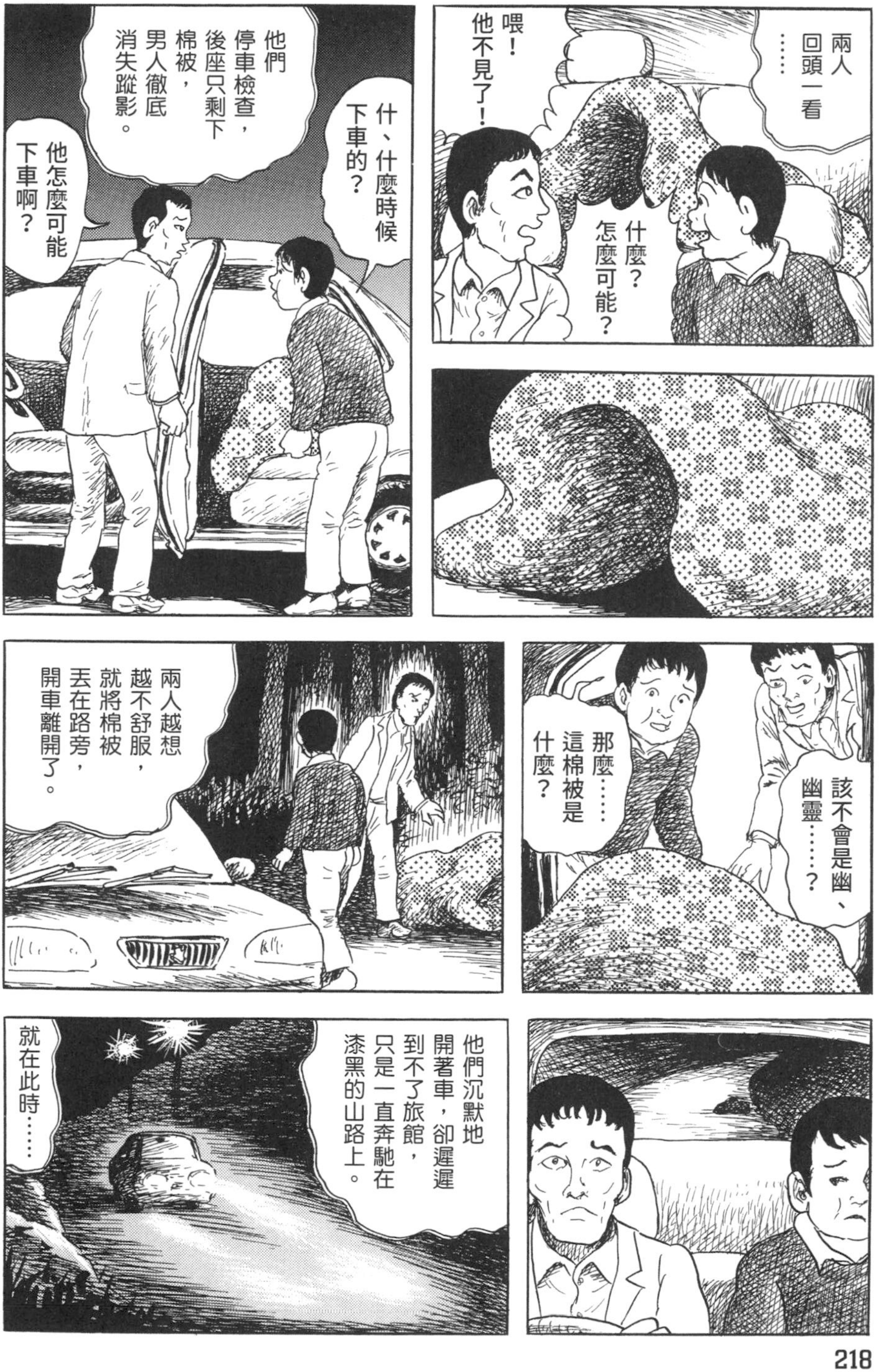
兩人回頭一看……
喂！他不見了！
什麼？怎麼可能？
他們停車檢查，後座只剩下棉被，男人徹底消失蹤影。
什、什麼時候下車的？
他怎麼可能下車啊？
該不會是幽、幽靈……？
那麼……這棉被是什麼？
兩人越想越不舒服，就將棉被丟在路旁，開車離開了。
他們沉默地開著車，卻遲遲到不了旅館，只是一直奔馳在漆黑的山路上。
就在此時……

……總覺得渾身發冷……
坐在副駕駛座的男子這麼說。
咦？感冒了嗎？
有可能。
還突然變得好睏。我可以在後座躺一下嗎？
去吧。
於是他換到後座，橫躺在椅子上，然而……
好冷啊、好冷啊……
還好嗎？感冒這麼嚴重啊？
好冷啊、好冷啊……
喂！那條棉被……！

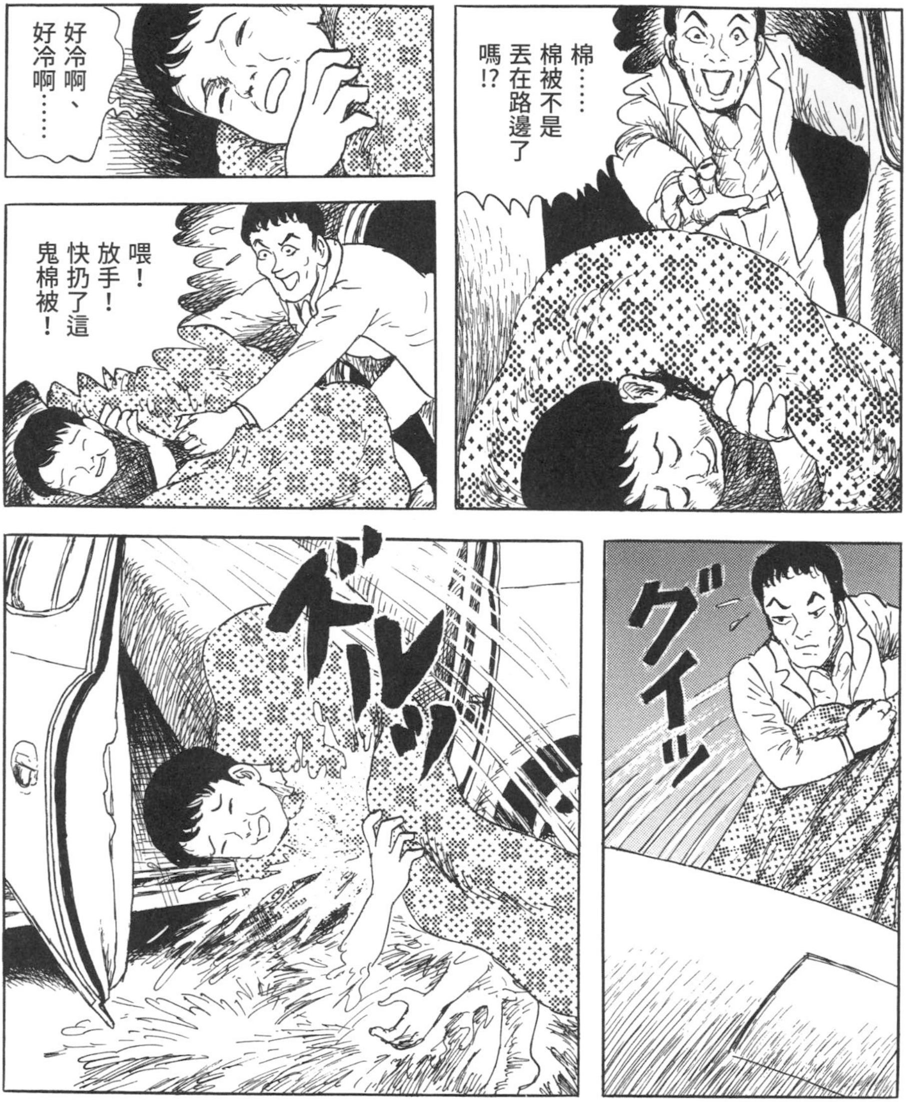
棉……
棉被不是丟在路邊了嗎!?
好冷啊、好冷啊……
喂!放手!快扔了這鬼棉被!
グイッ
(扯)
ズルッ
(唰)

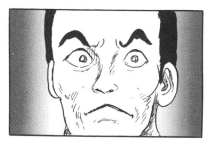

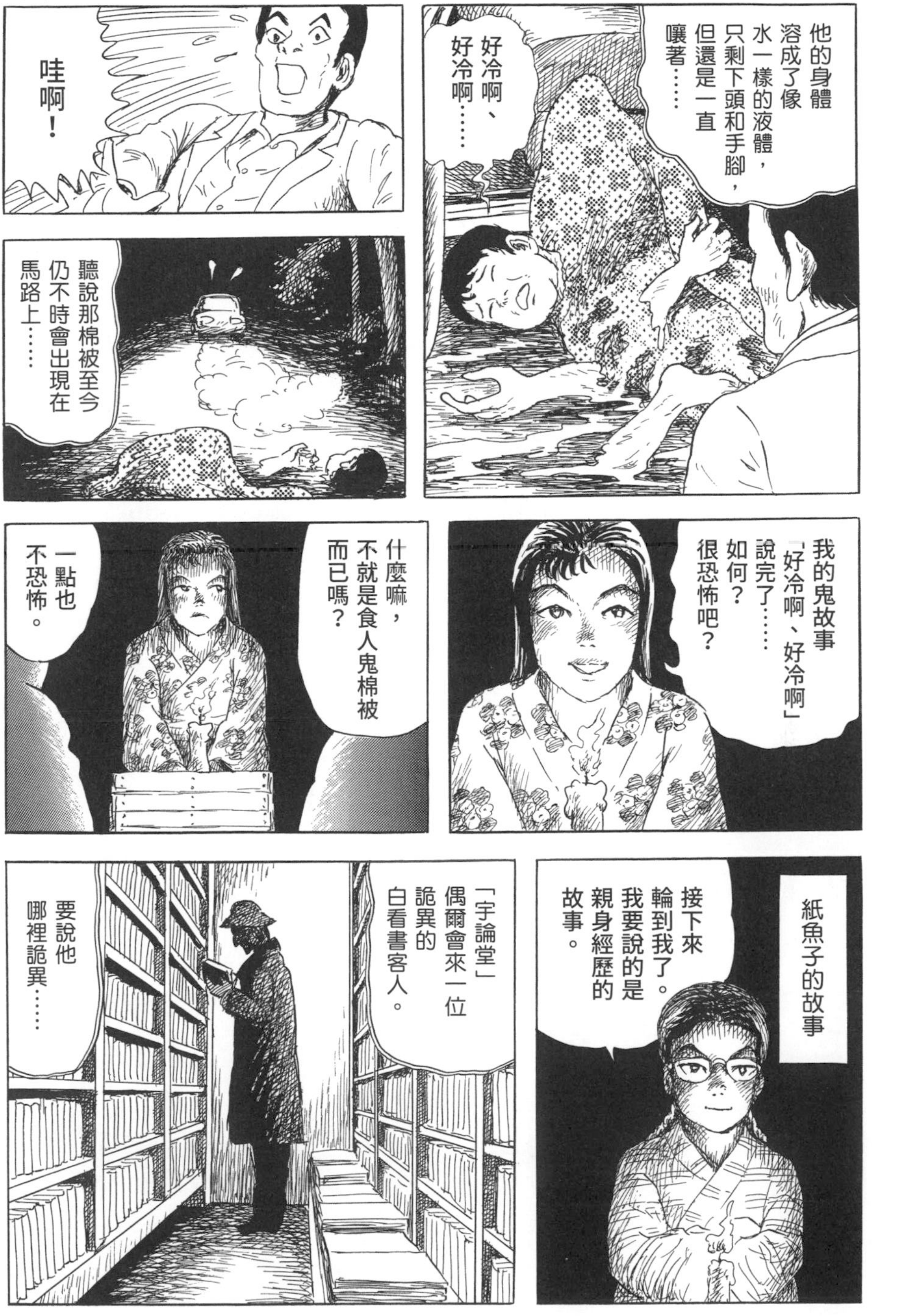
他的身體溶成了像水一樣的液體，只剩下頭和手腳，但還是一直嚷著……
好冷啊、好冷啊……
哇啊！
聽說那棉被至今仍不時會出現在馬路上……
我的鬼故事「好冷啊、好冷啊」說完了……如何？很恐怖吧？
什麼嘛，不就是食人鬼棉被而已嗎？
一點也不恐怖。
紙魚子的故事
接下來輪到我了。我要說的是親身經歷的故事。
「宇論堂」偶爾會來一位詭異的白看書客人。
要說他哪裡詭異……

他一身黑色衣服，每次都不知何時來到店裡，又默默離開。
他總是突然出現在書店最深處的角落，讀著一本黑色封面的書。
他出沒的地方是店裡的死角，平常不太會注意到。
當我抬頭檢查防盜鏡時……
咦？
鏡中卻沒有任何人。我再轉頭看向角落……
他竟在不知不覺間消失了。
我相當在意，於是……

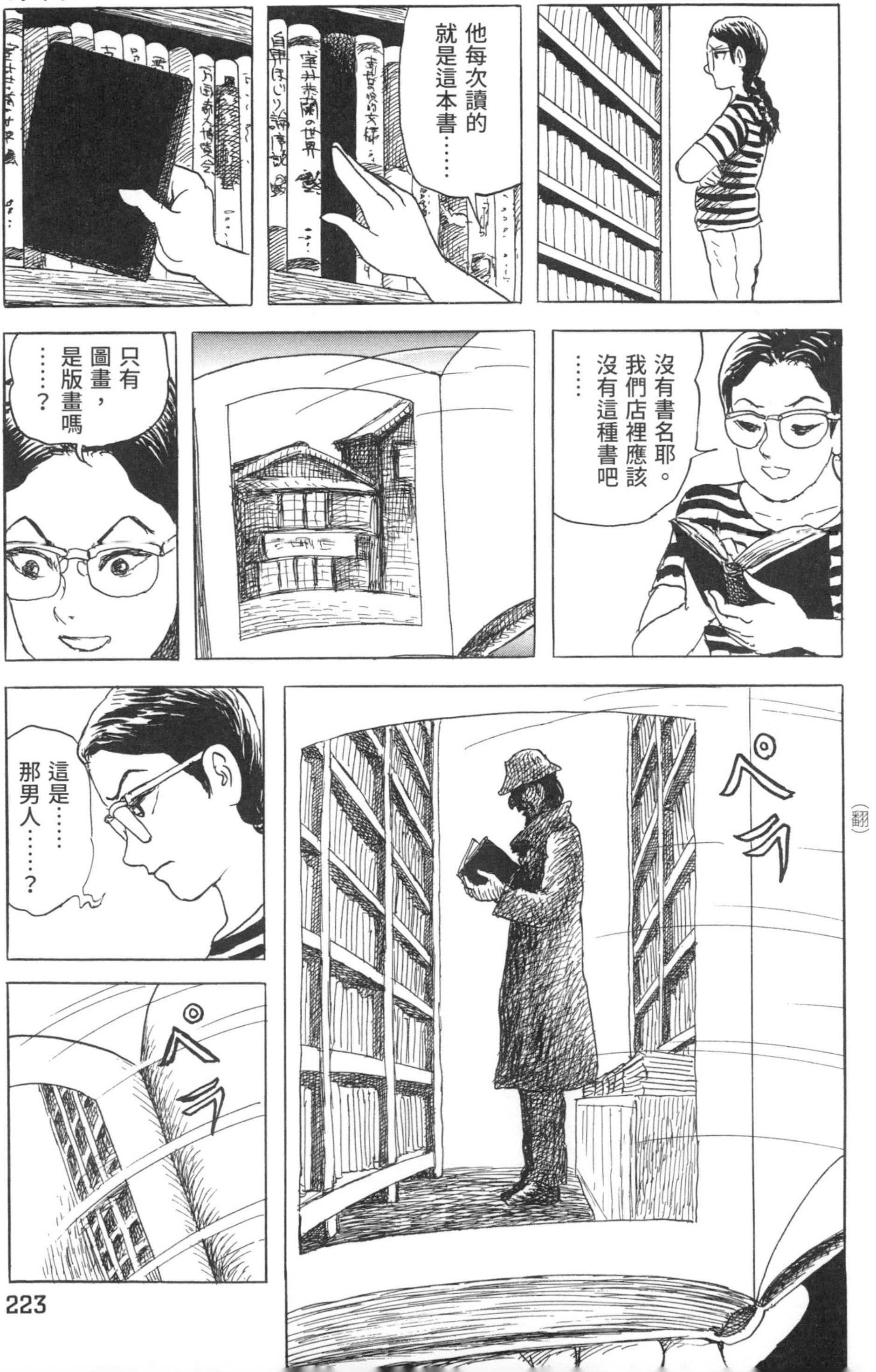
他每次讀的就是這本書……
沒有書名耶。我們店裡應該沒有這種書吧……
只有圖畫，是版畫嗎……？
ペラ
（翻）
這是……那男人……？
ペラ
（翻）

……就像這樣，只有一頁頁的圖畫延續下去。
當我繼續往下翻後……
這是什麼……？

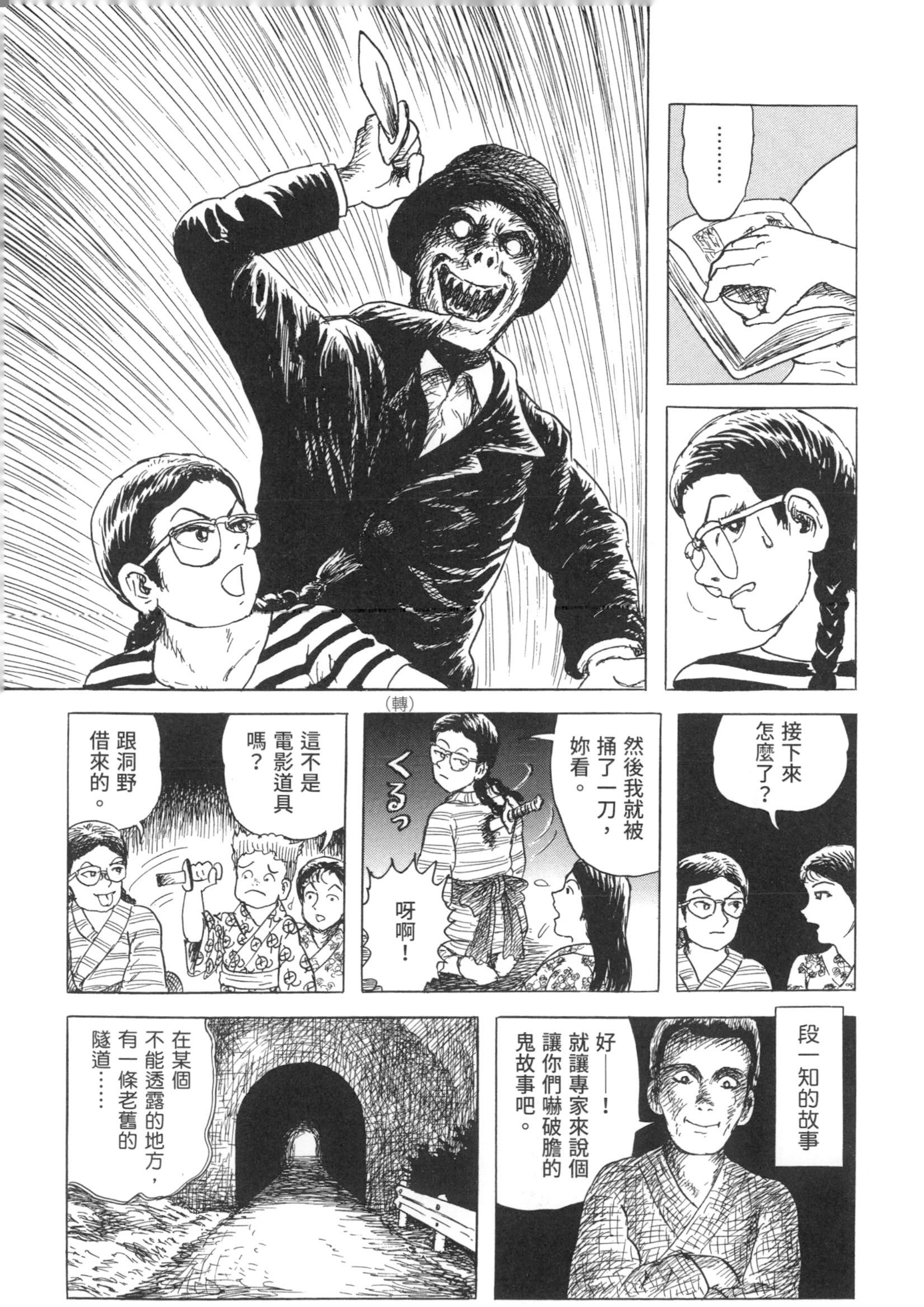
……
接下來怎麼了？
然後我就被捅了一刀，妳看。
（轉）
くるっ
呀啊！
這不是電影道具嗎？
跟洞野借來的。
段一知的故事
好——！就讓專家來說個讓你們嚇破膽的鬼故事吧。
在某個不能透露的地方，有一條老舊的隧道……

由於新道路開闢，幾乎不會有車子駛進隧道，只有當地人偶爾會經過。
我聽說此處有鬧鬼的傳聞，便前去取材。
根據目擊者的說法……
有人看見滿身是血的女人倒吊在半空中……
有人在隧道裡突然被抓住手臂……
定睛一看，牆壁竟伸出好幾隻手臂，想將他拉進去……
總之，我走進隧道後確實感到不太對勁，一直覺得有什麼東西在裡面。

當我走到大約一半的路程時……
出現了嗎？
出現了。
是倒掛的臉嗎？還是手？
都不是，是腿。
腿？
有一雙腿從隧道頂端懸垂下來。
我嚇了一跳，但一想到「就是這傢伙」……
便開始拚命拉扯，打算將眼前的雙腿拉下來。
這時……
ボコッ
（磅）
ガッ
（握）
哇!!

一雙手從地面
伸出來，
將我往下拉。
我緊緊握住
那雙腿。
但還是被
更強勁的力道
拉進了地底。
隨著被往下
拉扯……
ズルッ
咻
我才發現雙手抓
著的是我自己。
我抓著自己的腿。
當底下的我
徹底沒入地底時
……

上方的我同樣也正拉著誰的腳。
接著，我再次被拉進地底……
我抓著自己的腿，一個接一個從上方出現。
於是，我一直在隧道裡不停拉扯自己……
然後呢？
什麼然後？
之後怎麼樣了？
沒怎樣，故事結束了。
太奇怪了吧？沒有結局啊！
小、小說都是這樣嘛。
其實是還沒想到結尾吧。

段太太的故事
這是發生在我結婚前的事。
有一天，我受到春風感召，前往老家附近的山野散步。
這時，我突然感覺到有人在呼喚我。
從某處傳來了彷彿不屬於這個世界的奇妙聲音。
我心中升起一股不得不去的念頭，恍惚地往前邁步。
這時，超現實的事情發生了，一道不可思議的裂縫出現在我的眼前。聲音正是從裂縫形成的空間傳來。

我進入裂縫，穿過宛如異次元的空間……
來到不曾見過的奇異世界。
那裡有個披著黑色斗篷的人，是他呼喚著我。
喔！黑暗邪神顯靈了！來吧！實現我的願望！
他看著我的臉，口中嚷著「太古邪神之女」、「黑暗契約」等讓人摸不著頭緒的話。
甚至要求我幫忙毀滅世界，讓我十分為難。
就在此時……
パカン
（啪）

太好了，
這樣就能
放心啦。
只要拿到這本
魔法書……
話說回來，
沒想到眞的有能
召喚出超自然
存在的禁忌魔法書
《死橘之書》……
CRANAMICAN
當我和那人
對上視線時，
內心不禁
小鹿亂撞，
感受到命運的
相逢。
這就是我和
我先生相戀的
契機。
呃……
夫人，
百物語並不是
秀恩愛的
聚會……
《死橘之書》？（註）
《NECRANAMICAN》？

（註）此處的日文原文念作「Necranamican」，與洛夫克拉夫特的《死靈之書》（Necronomicon）發音相近。

木一的故事
某天，我獨自一人走在路上。
有戶人家燈火通明。
仔細一瞧，窗內有個長著角的人影正揮舞手腳、大肆胡鬧。
我心想，難不成是鬼嗎？於是走入庭院一探究竟……
（咻）
哇!?
結果卻突然遭到攻擊。像子彈般的東西接連射向我……
我忍耐著劇痛，拚命逃跑。
救……救命啊……
（哐啷）

鬼在——外——！福在——內——！
等等，那不是節分的撒豆子嗎？
沒錯。
這哪是鬼故事？
我覺得很恐怖嘛！
洞野的故事
某天夜晚，我獨自聆聽著收音機。
喀喀 啪擦啪擦 我是外星人……
這時從收音機傳來外星人的聲音……
我前往外星人指定的洞穴一探究竟，竟出現了長得像螃蟹的金星人，對我發動攻擊。
我慌忙逃跑，途中卻跌入河裡……
在我放棄一切、游泳渡河時，森林裡又冒出原子怪獸向我襲來。
接著，我被殺人番茄追殺、和突變昆蟲對戰，還遇到巨人獸……
好了——換下一個。

股毛神社神主的故事
眞是的，盡說些一點都不恐怖的故事！
我來讓你們見識眞正的百物語吧！
這是發生在我年輕時的事。那一晚，我獨自走在某個荒涼之地。
這時……
眼前突然出現一名恐怖女子，她披頭散髮，手中揮舞著御幣(註)！
嘿欸欸欸欸！
哇啊！
我嚇了一跳，慌忙逃跑。
跑了一段路後，發現前方有人影……
啊！喂！救救我！

(註) 御幣：日本神道教用語，意指儀式中獻給神靈的布條或紙條。

臨兵鬥者皆陣列在前！惡靈退散！
哇啊！
我連滾帶爬地逃走。
跑了好一段路，以為終於能鬆口氣時……
咦？
我看見無臉和尚坐在草叢裡……
太好了，是我的同伴。
啊！終於得救了。剛才一直遇到可怕的傢伙……
くるっ
（轉）

阿毘羅吽欠
蘇婆訶……
南無大慈大悲，
惡靈降伏、
惡靈降伏。
呀啊啊啊啊！
我發狂般
拚命狂奔，
一直逃、
一直逃，總算
保住一條小命。
這是我遇過
最恐怖的事了。
太、太
可怕啦！
眞令人
毛骨悚然。
哪……
哪裡恐怖？
不恐怖嗎？
我的故事……
話說回來，
這些成員一起
舉辦百物語，
本來就不太
對勁吧。

總之，這是第一百個故事，我要吹熄蠟燭嘍。
快吹，快吹。
紙魚子，說完第一百個故事後，真正的妖怪就會出現吧？
嗯，是這樣沒錯……
フッ
(呼)
吹熄了！
會出現嗎？會出現嗎？
好緊張啊。
妖怪會出現嗎——？
妖怪早就在這裡啦。

百物語♣完

管同學之亂

我們班上來了一個轉學生。
管正一
我叫管正一，請多指教。
我的名字是多多良麗子，是就讀胃之頭高中的女學生。
轉學生不僅是帥哥，還剛好是我喜歡的類型，我很快就成為管同學的粉絲。
然而，管同學卻……
妳的名字是栞嗎？怎麼寫啊？
就是夾在書頁裡的栞。
哦？是書籤的栞啊（註）……
所以要怎麼寫呢？
……
喂，這是我的座位。
啊，抱歉。
對了，不然我們換位子吧？
才不要！

（註）「栞」在日文中有書籤之意。

管那傢伙一直和小栞裝熟。
眞的，小栞可是我們班上的偶像啊。
沒錯、沒錯，雖然少根筋，畢竟是班上最漂亮的女生……
……男生們這樣說呢。
眞是讓人開心不起來。
不過管同學在上次的期中考拿下全年級第一名喔。
他竟不知道「栞」這個字怎麼寫嗎？
這麼說來，萬年佔據榜首的丸井同學也大受打擊。
管同學，那是丸井同學的位子喔。
丸井因爲發燒要請假一段時間，我就暫時借坐他的位子了。
咦——？沒關係嗎——？
放心、放心，我和他說過了……

哇！
啊！足球社的邊嶓同學被抄球了！
喂，邊嶓，你怎麼了？
有、有東西抓住了我的腳。
嘿！
ポコン
（碰）
什麼啊？這麼軟趴趴的射門。
呀——！管同學射門成功了！
咦？
クイッ
（轉）
トーン
（咚）

管同學之亂

我看看……洞野借了《恐怖電影名鑑》還沒還。
妳有沒有看到洞野？
洞野同學和同好會的成員一起回去了。
他們說要去探望丸井同學。
這樣啊……
ガラ…
(喀啦……)
咦？那是管同學的座位。他還沒回家嗎？
紙筒？他加入了書法社嗎……？

呀啊！
ポン
(砰)
サササ
(沙沙沙)
有……有什麼跑出來了……？
妳在做什麼？
呃……那個……剛才你的書包裡似乎有像老鼠的小動物……
妳看錯了。
應、應該吧。抱歉啦——
借書紀錄

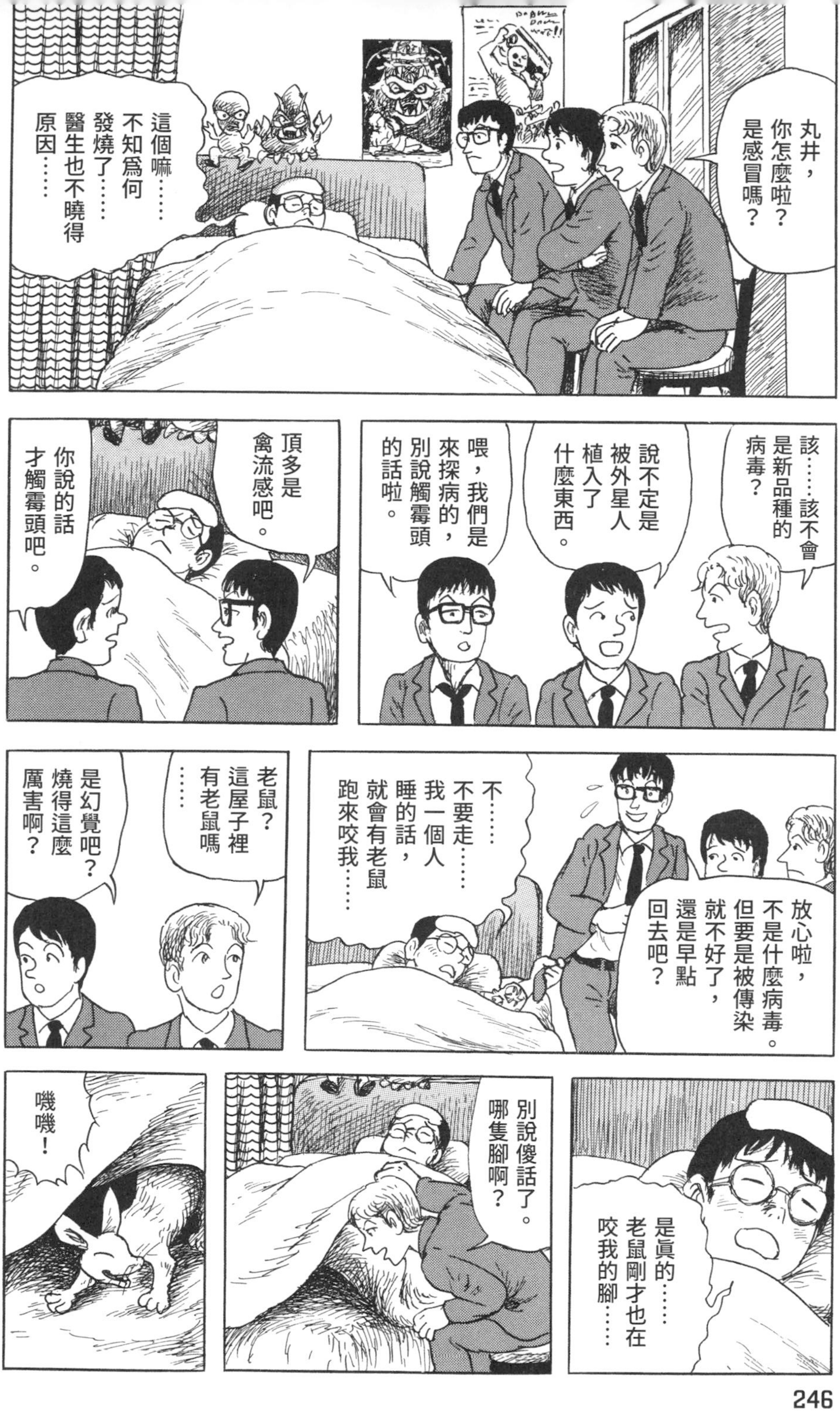

丸井，你怎麼啦？是感冒嗎？
這個嘛……不知爲何發燒了……醫生也不曉得原因……
該……該不會是新品種的病毒？
說不定是被外星人植入了什麼東西。
喂，我們是來探病的，別說觸霉頭的話啦。
頂多是禽流感吧。
你說的話才觸霉頭吧。
放心啦，不是什麼病毒。但要是被傳染就不好了，還是早點回去吧？
不……不要走……我一個人睡的話，就會有老鼠跑來咬我……
老鼠？這屋子裡有老鼠嗎……
是幻覺吧？燒得這麼厲害啊？
是眞的……老鼠剛才也在咬我的腳……
別說傻話了。哪隻腳啊？
嘰嘰！

哇！
眞……眞的有像老鼠的東西……
在哪裡？沒看到啊。
牠突然消失了，但我眞的看見了……
怎麼可能……
眞是的，店裡的生意完全沒起色。沒辦法，只能湊合著回家吃平常的貓糧了嗎？
也讓我湊一腳吧。
咦？
怎麼了？
好像……有股討厭的臭味……
(嗅嗅)

咦？那是……!?
是老鼠嗎？
不是老鼠。聽著，你偷偷繞過去。
（嘰……）
キィ…
咦？是島吉啊。

呀啊！
啾──！
啾──！
ガッ
（抓）
どどどど
（噠噠噠噠）
我回來了……
老爸……你怎麼了？
紙魚子啊──……
幫我看店吧──
不舒服嗎？
好像發燒了……
我睡一下……

……嗯——
怎麼覺得今天店裡怪怪的……
不但頭好痛，肩膀也很僵硬，有種空氣不流通的感覺……
ガラッ
（喀啦）
哇！
咦？
呀啊！什、什麼!?
サササ
（沙沙沙）
紙魚子小姐！剛才出現的是管狐！
咦？

這小東西就是管狐沒錯！
果然！我就猜可能是管狐，於是先抓了一隻回來。
哇！我第一次看到。
換句話說，這一帶有驅使管狐的使者？
我以前從沒在這附近看過管狐，如果有也是最近才來的吧……
琹姊姊好像被管狐附身了，還有幾隻躲在我家，大家一起去抓牠們吧。
管狐？什麼時候跑來我家的？
啊！那裡也有！
哪邊？那裡？真的嗎？
畢竟普通人看不到管狐嘛。
不過有方法可以看到。
什麼方法？
像是將陰乾的藤花當燈芯，以麻油燃起燈火之類的……
要去哪裡找那種東西啊？

聽說從和服袖口也能看見狐狸。
這件衣服沒辦法啦。
簡單一點的方法，可以透過手指的隙縫看……
據說從大腿之間看也可以……
怎麼做……好難啊……
啊！看到了！
喂！站住！
啾——
啾——
可惡——！那種東西是什麼時候……
聽說貓咪是管狐的剋星。
貓咪？……對了！波里斯！
打電話給琹吧！

管同學之亂

ピッ
（嗶）
剛才……手機是不是響了？
打不通耶……
ピッピッピッ
（嗶嗶嗶）
太好了！拿到小栞的手機信箱地址了！
喂！轉學生！你太囂張啦！
你們是誰？
我們是胃之頭高中的不良幫派。
沒錯，我們學校也是有這種東西啦！
哇！
怎、怎、怎麼了!?
好痛！痛死我啦！

你真的看到了？
真的！那絕對是鼠型外星人來侵略地球了！
怎麼可能……只是妖怪吧？
搞什麼！那個叫管的傢伙……！
有老鼠！老鼠大軍跑出來咬人啦！
バタバタ
（噠噠）
他們怎麼啦？
是因應情節需要出現的不良集團啦。
他們說管怎樣了？
管那傢伙太可疑了。我有點在意，去栞家看看吧。
啊……
咦？

啊！
妳喜歡上管正一了。妳喜歡上管正一了。
管正一好帥。管正一是帥哥。
怎……怎麼覺得耳邊好吵……

(噗——)
ブーッ
你、你們在做什麼啦！
出現了！出現了！
那裡！就在那附近！

咦？哪裡？
紙魚子？怎麼了!?
跑去那邊了！
抓到啦！
啾——
好像沒了呢。
這……這就是管狐？話說回來，管狐是什麼？
是一種可以鑽進竹管、像小型狐狸的生物，據說會依附在他人身上。

還有一類稱為「管狐使者」的人，靠著飼養管狐，自然而然就能賺大錢、心想事成……
或是命令管狐附身他人、讓人得病，總之是眾所畏懼的一種妖怪。
咦，我被牠們附身了嗎？
沒錯！妳差一點就要被咒殺了。
不是的！不是的！
啾啾——
居然還會說人話，眞囂張。
因爲管狐會向人告知吉凶，或是傳達有利的消息給主人。
要怎麼處置？
島吉，你吃掉吧。
我、我又不是貓，才不會做這麼野蠻的事。
口水都流出來啦。
不過，是誰在詛咒我……？
那個姓管的轉學生很可疑。名字也和管狐有關……
（嗅嗅）

差不多該有一隻回來報告了吧……
管同學。
嗯？
啊！
管同學，這是什麼？
咦？什麼是什麼？
啾——啾——
別想裝傻。是你讓管狐附在栞身上的吧？我家也……
沒錯！還有丸井……
你、你們在說什麼？我聽不懂。
不然我看一眼你書包裡的紙筒！
哇！
住手！走、走開！我的管狐才不會做那種壞事……
啾——啾——
他自首了！

那個姓管的傢伙，
眞是太亂來了……
嗯……
不過，老爸和
丸井同學遇到的好像
不是太惡劣的附身，
算是不幸中的大幸。
惡劣的附身？
像是潛入人體
讓對方生病，
或操縱他們。
搞不好還會
鬧出人命……
像這樣嗎？
呃……
栞……怎麼
回事……？
不准靠近
管同學——！

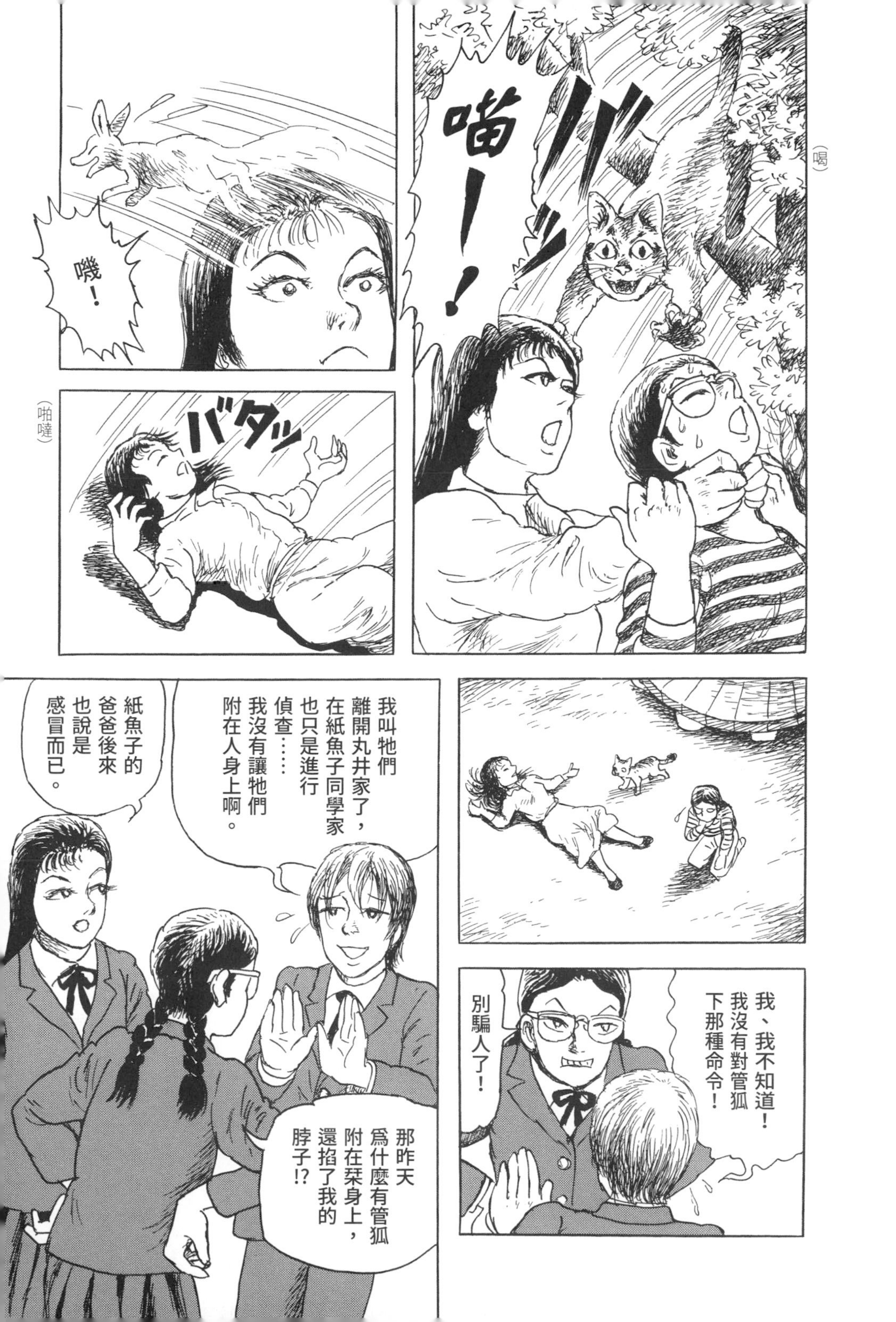
喵！！
（喝）
嘰！
バタッ
（啪噠）
我、我不知道！我沒有對管狐下那種命令！
別騙人了！
我叫牠們離開丸井家了，在紙魚子同學家也只是進行偵查……我沒有讓牠們附在人身上啊。
紙魚子的爸爸後來也說是感冒而已。
那昨天爲什麼有管狐附在栞身上，還掐了我的脖子!?

聽說多多良發瘋了？
她爬上西校舍的排水管！
嘰嘰
據傳附身失敗的管狐不會回到主人身邊，會轉而附在委託人身上……
所以是多多良同學……？
跟、跟我無關。但我來到這裡後，管狐的數量和以前確實不一樣。
可能有幾隻逃跑了……
你不是管狐使者嗎？好好管理你的管狐啦！
嘰嘰——！
啊！跳下來了！

管同學之亂♣完

太陽雨①

啊！
下太陽雨了……
雖然平常
不會踏進這條路，
但樹林深處在太陽雨
的沐浴下閃閃發光，
我忍不住走了
進去。
股毛神社前方
有一條無法通行
的死路……

太陽雨

消失了……
咦，原來這裡有稻荷神社啊？
就在樹下躲雨吧……
胃之頭稻荷……？好小的祠堂。
以前幾乎沒來過這裡，都沒發現呢。

太陽雨

栞，妳肩膀上沾了灰塵。
咦？是嗎？
啊，管正一。
哦？小栞、紙魚子同學，早啊。
管同學早安。
不、不用這樣打招呼吧——！

——放學後
咦？栞，妳早上也沾到了一樣的毛球喔。
欸？是嗎？
它……逃、逃走了？
怎麼可能……

ブワッ
呀啊！
（嘩）
嘶！
好、好奇怪的灰塵……
我不是灰塵！是胃之頭稻荷大明神的使者！
我奉命尋找那邊的長髮少女。請妳今晚前來祠堂！
為什麼妳又被稻荷大神叫出來了呢？
我也不清楚。我只是前幾天碰巧經過那附近而已……

妳沒做什麼壞事吧？
才沒有呢。對了，那時我撞見狐狸娶親的隊伍……該不會是這個原因吧……
話說回來，紙魚子，妳知道這裡有稻荷神社嗎？
我只知道這裡有座小祠堂。但一直沒特別在意……
沒人在啊？
難道是有人惡作劇？
那團毛球嗎？
說不定是妖怪的同類？畢竟這裡離股毛神社很近……又是狐狸的神明……
稻荷神社本來供奉的是稻米的穀靈，只因狐狸是使者，才被誤認爲是祭祀狐狸的神社。最早在江戶時代……
科普就算了……反正都是類似妖怪的東西吧？
眞失禮！我才不是妖怪呢！
哇啊！

什、什麼時候出現的？
胃之頭稻荷大明神是有來歷的神明，不要擅自和妖怪歸爲同類！
咦，你就是稻荷大神？
眞的嗎？只是戴著面具的怪人吧？
無禮之徒！愚弄神明會遭天譴的！
神明大人爲什麼要找栞過來？
我有事情要問她。
栞，妳該不會眞的在祠堂裡偷尿尿了？
什、什、什麼事？
才沒有！
不是小便。其實幾天前，這座祠堂遭小偷，被竊走稻荷神社的寶物。
咦？這麼破爛的祠堂也有寶物？
妳、妳、妳們太失禮了！
那麼，寶物被偷又和我們有什麼關係？
妳們先看看這個。

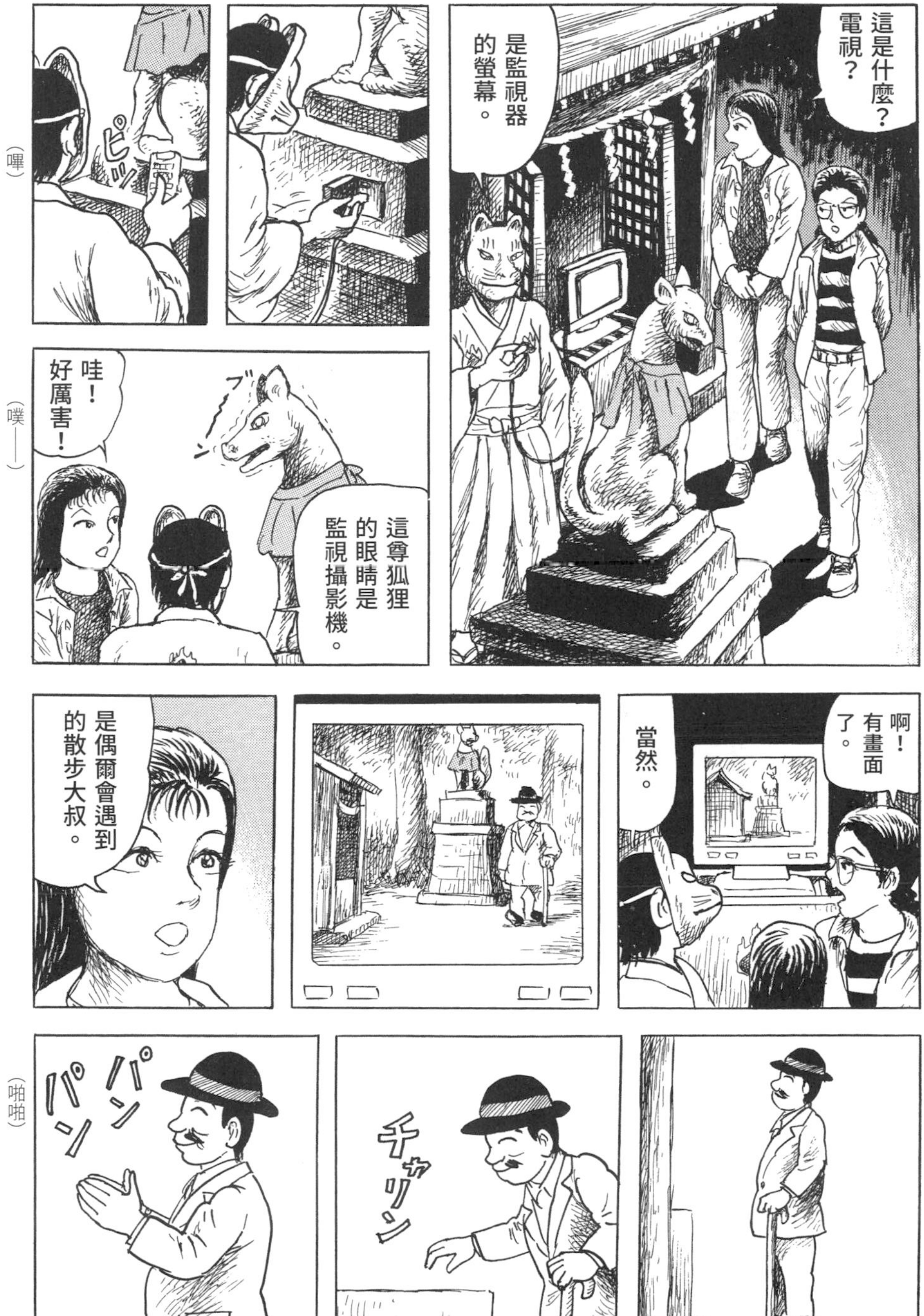
這是什麼？電視？
是監視器的螢幕。
ピッ
(嗶)
這尊狐狸的眼睛是監視攝影機。
哇！好厲害！
ブーン
(噗——)
啊！有畫面了。
當然。
是偶爾會遇到的散步大叔。
チャリン
(哐噹)
パンパン
(啪啪)

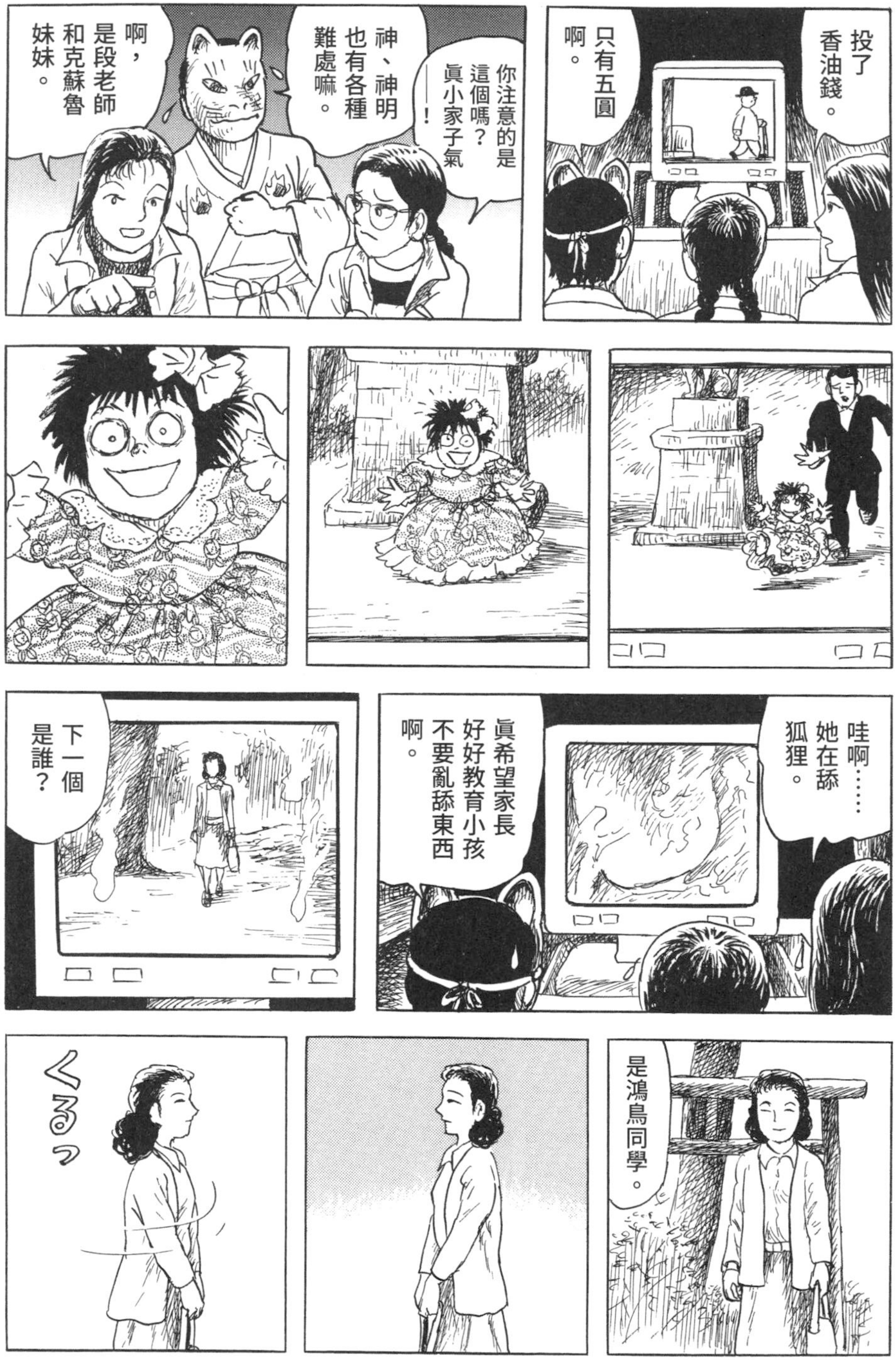
投了香油錢。
只有五圓啊。
你注意的是這個嗎？眞小家子氣——！
神、神明也有各種難處嘛。
啊，是段老師和克蘇魯妹妹。
哇啊……她在舔狐狸。
眞希望家長好好教育小孩不要亂舔東西啊。
下一個是誰？
是鴻鳥同學。
くるっ
（掉頭）

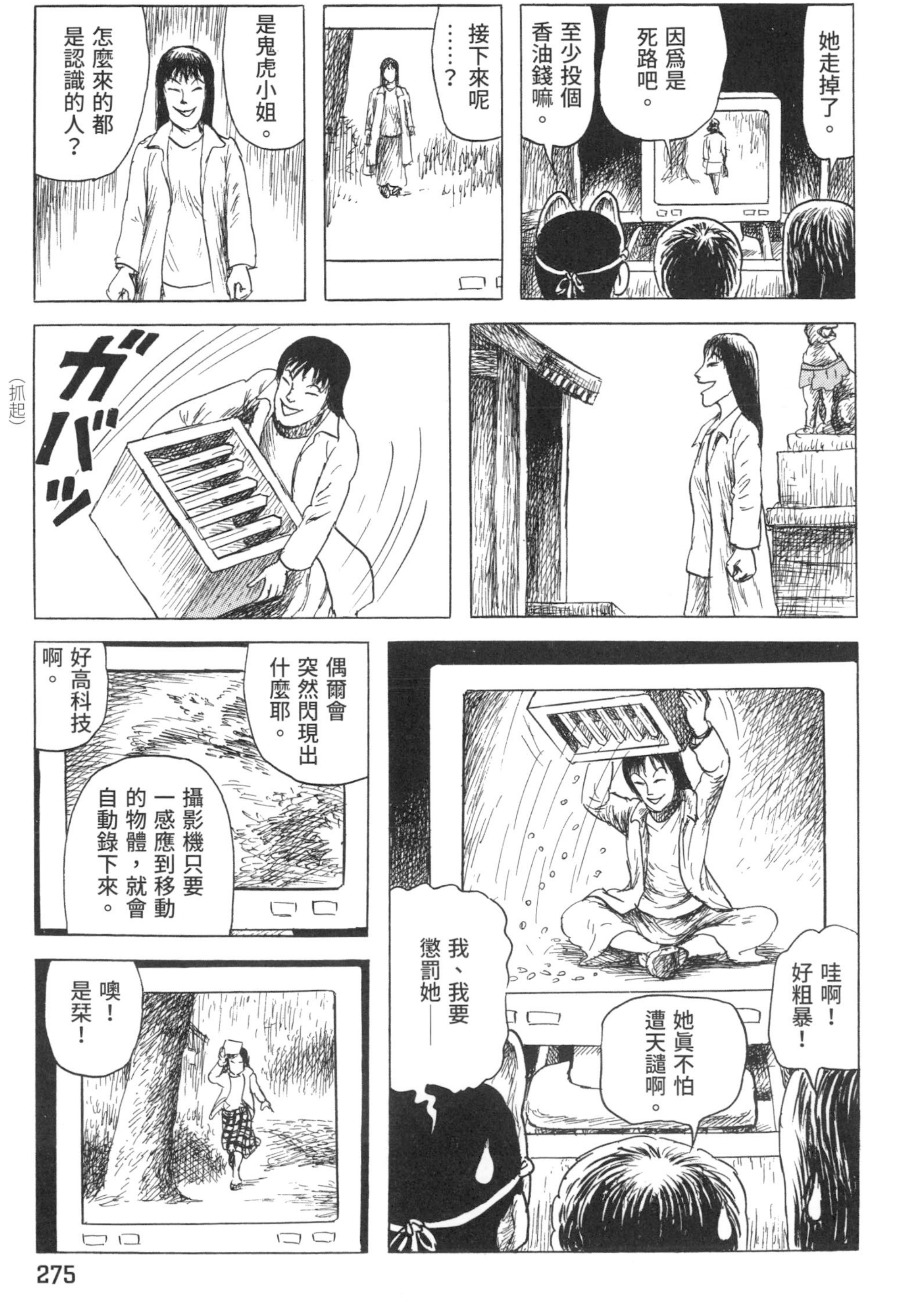
她走掉了。
因爲是死路吧。
至少投個香油錢嘛。
接下來呢……？
是鬼虎小姐。
怎麼來的都是認識的人？
ガバッ
(抓起)
哇啊！好粗暴！
她眞不怕遭天譴啊。
我、我要懲罰她──
偶爾會突然閃現出什麼耶。
好高科技啊。
攝影機只要一感應到移動的物體，就會自動錄下來。
噢！是栞！

但我沒走到祠堂前面啊，只待在那棵樹底下而已……
因爲攝影機對祠堂周遭的動靜也有反應啦。
怎麼回事？明明是監視器卻有特寫鏡頭，還從固定角度拍攝……
身爲神明，看到年輕女孩倒是拍得很起勁嘛？
別、別、別說傻話。這是我有要事離開祠堂時，監視器自動拍下來的。
然後呢？這些影像怎麼了？
這些是從五天前到三天前傍晚左右，大約兩天份的影片。
稻荷神社的寶物似乎是在我離開的期間遭竊。由此看來，這兩天接近祠堂的人相當可疑……

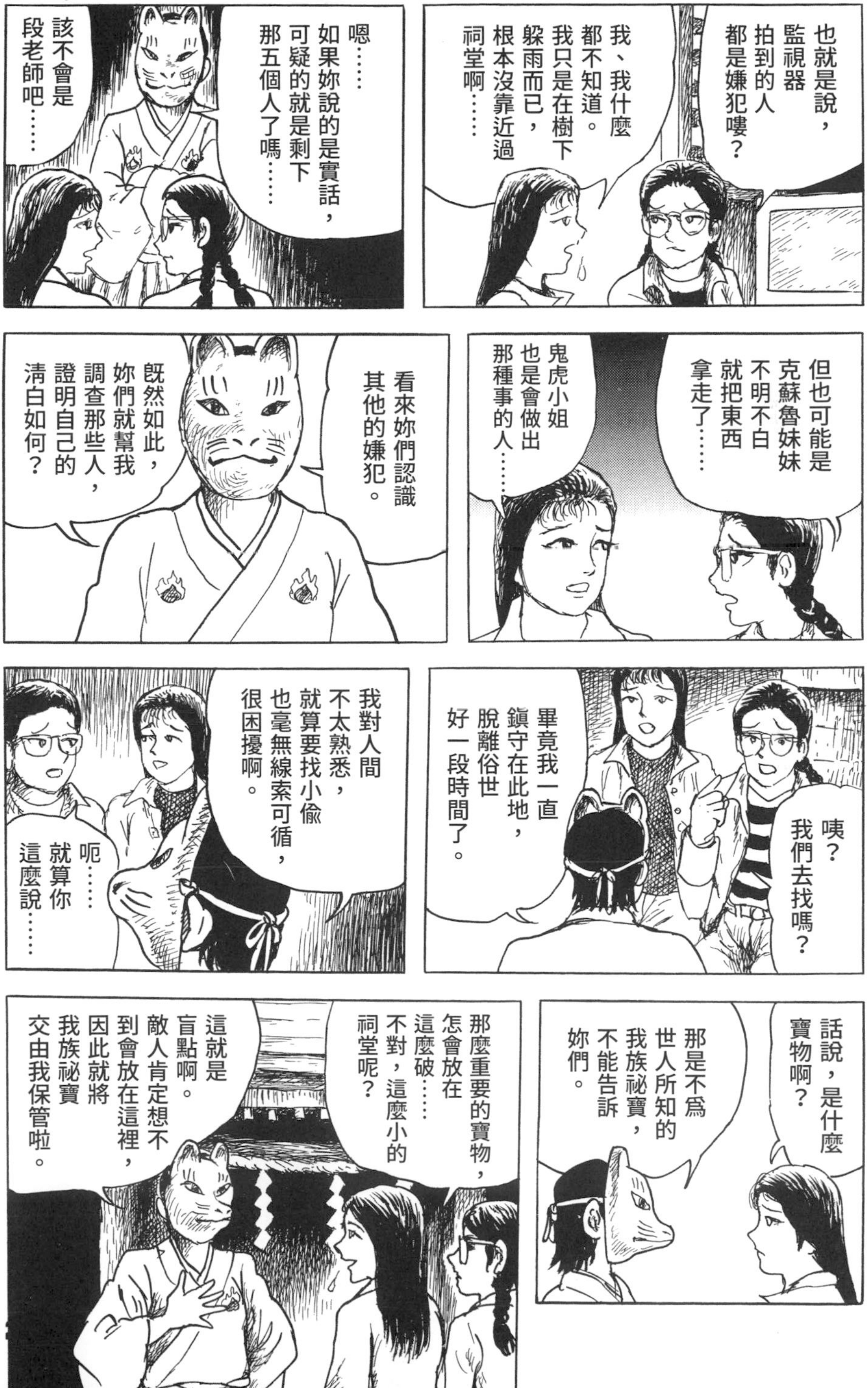
也就是說，監視器拍到的人都是嫌犯嘍？
我、我什麼都不知道。我只是在樹下躲雨而已，根本沒靠近過祠堂啊……
嗯……如果妳說的是實話，可疑的就是剩下那五個人了嗎……
該不會是段老師吧……
但也可能是克蘇魯妹妹不明不白就把東西拿走了……
鬼虎小姐也是會做出那種事的人……
看來妳們認識其他的嫌犯。
既然如此，妳們就幫我調查那些人，證明自己的清白如何？
咦？我們去找嗎？
畢竟我一直鎮守在此地，脫離俗世好一段時間了。
我對人間不太熟悉，就算要找小偷也毫無線索可循，很困擾啊。
呃……就算你這麼說……
話說，是什麼寶物啊？
那是不爲世人所知的我族祕寶，不能告訴妳們。
那麼重要的寶物，怎會放在這麼破……不對，這麼小的祠堂呢？
這就是盲點啊。敵人肯定想不到會放在這裡，因此就將我族祕寶交由我保管啦。

既然這樣，不是該先報備比較好嗎？
那就變成我的責任啦。我希望在那之前找回來。
眞是只想到自己呢。不然找信徒來幫忙也好……
不是我自誇，但這座神社沒有信徒啦！
也是，畢竟是被衆人遺忘的祠堂嘛……
難道是所謂斷了香火的信仰嗎？
眞……眞失禮！我才沒有被遺忘！
是我自己主動遠離塵世，隱居於此。因爲我不想被世俗玷污！
是是是。
要我們調查卻不說寶物是什麼，線索也只有這些影像……
不用擔心，妳們只要讓狐毛球附在對方身上就好。
如果寶物在附近，它們就能感應到，很方便喔。
狐毛球就是這些毛球嗎？
這可不是普通的毛球，牠們具有法力，像是我的分身。
寶物還沒被帶出胃之頭町。
目前只知道這一點，剩下的就拜託啦。

啊！稻荷大神——！
他擅自決定後就消失了。
只顧著自己方便，自說自話……
那我們該怎麼辦？
總之，先從段老師調查看看吧？畢竟一直被當成小偷也很困擾……
（碰碰　咻咻咻　啪擦啪擦　咻碰——　）
（啪擦啪擦　咻碰——　咻咻——）
晚安——

請問……您們在做什麼？
啊，因爲夏天買的煙火還有剩……
大姊姊也來吃煙火！吃嘛吃嘛！
煙火不是食物啦。對、對了，這個禮物送妳。
哇——！有禮物！有禮物！
他說要讓狐毛球依附在每個嫌犯身上。
那老師也……
（咻碰　咻碰咻碰）
老師，請收下吧。
是狐毛球，有人給我們的。
這是什麼？
哦？這很少見呢。誰給妳們的？
在胃之頭稻荷神社遇到的人……老師最近是不是去了那附近？
就是股毛神社前方樹林中的小祠堂……
哦，那裡嗎？我去過喔。祠堂雖然破爛，但狐狸石像很氣派。
您在哪裡撿到什麼東西嗎？或是克蘇魯妹妹帶了什麼回來……
沒有呢……只有克蘇魯舔了狐狸石像而已……

嚼嚼嚼！
克蘇魯！狐毛球不能吃喔！
看來老師是清白的。
總之，先留下狐毛球離開吧。
鴻鳥同學在學校還遇得上，鬼虎小姐就麻煩了。根本不曉得她在哪裡……
重點是如果她知道自己被當成小偷，說不定會放火燒了祠堂。
散步的大叔也頗讓人困擾。通常都是偶然遇到……
紙魚子，快到學校了。這團狐毛球該怎麼辦？
裝進書包吧。從稻荷神社拿來的其他毛球也放在裡面了。
喔！小栞，早啊！
啊，管同學，早安。
哇！怎、怎麼了!?
ガサ
ガサ
(沙沙沙沙)

妳、妳們帶來什麼奇怪的東西嗎？
咦？奇怪的東西？
哇！這下糟糕。今天我要早退！
幫我和老師說我突然生病了！
早退？你才剛到學校啊？
那傢伙又把管狐帶來了吧。那副慌慌張張的樣子……眞是太可疑了。
是對狐毛球有反應嗎？
或許吧。嗯——該不會……
股毛神社前方的稻荷神社？有喔，我前幾天去過那裡。怎麼了嗎？
啊，沒什麼……只是有人說看到妳……
但那裡不是死路嗎？我本來不知道呢。
鴻鳥同學沒有特別可疑的地方。
狐毛球也好好地附在她身上，這樣就沒問題了吧？總之，今天放學後去一趟稻荷神社。

稻荷大神——在嗎——？
怎麼啦？有線索了嗎？
說是線索嘛……嗯——我想再看一次監視器畫面。
咦？爲、爲何……？
這是唯一的線索嘛。或許之前漏看了什麼……
我、我看過好幾次啦……
總之讓我看看……
不是偶爾會有些突然閃現的東西嗎？我想仔細確認一下。
只是一些小鳥小貓經過時被監視器感應到而已。
但說不定會有線索……
沒什麼特別可疑的東西呢。
啊！輪到我的部分了。

咦？加上了背景音樂。
上次看的時候沒有聲音啊？
而且是用雷蒙・拉斐爾的音樂……
慢著，怎麼加入了其他畫面，剪輯成像宣傳影片的東西？

啊——被合成了，是合成影片！
有那種閒工夫剪輯監視器影片玩，不如稍微親自調查一下犯人！
不是啦，如、如果換個角度說不定會發現什麼……
你當時眞的不在祠堂嗎？該不會是躲起來偷拍？
別、別亂說！只是這台監視器的功能太好了。
啊，結束了。……這個奇怪的東西是什麼？
哦？那是剪輯完影片剩下的……
啊！在這邊暫停！
咦？哪裡？
再往前一點……啊，這裡、這裡。暫停！
這是狐狸？
不是普通的狐狸，是管狐。

管狐？
這裡可是祭祀正統白狐的稻荷神社！
怎麼可能有管狐？
因爲比一般的狐狸還小啊。
哪、哪裡？遙控器給我，放大看看。
啊！牠不是這神社的狐狸！是、是管狐！
你在剪輯時沒發現嗎？
我……我以爲是老鼠之類的……
你是笨蛋嗎？
妳、妳居然這樣說神明……
既然拍到管狐，該不會是管同學……？
……很有可能……
妳、妳們發現了什麼嗎？

太陽雨②

這裡就是管同學的家？
沒錯，我問過學務處了。
哦！有耶、有耶！這裡有管狐！
咦？眞的嗎？
兩位也請看吧！
嘿！哇……好癢啊……
這樣一來，妳們就看得見管狐了吧？
啊！看到了！牠們在排水管進進出出！
管同學家好像在三樓的邊間，我們上去吧。
啊，但狐毛球該怎麼辦？
嗯——……怎麼辦呢？今天沒帶書包啊。
讓牠們在外面等嗎？
待在妳們身上比較好。我就躲在這裡吧。
呀！變態！
不要鑽進奇怪的地方！

這樣不好嗎？待在妳們身上，妳們就看得見管狐啦。
才不要，你們是那個宅男狐神的分身吧？
這群色狐在想什麼！
我……我們才沒有不懷好意，只是單純當成作戰計畫……
沒辦法，那讓我們藏在頭髮裡吧。
女人的頭髮具有魔力，恰巧可以隱藏我們的氣息。
一開始這麼做不就好了！
呃……妳能放下頭髮嗎？不然我沒辦法躲起來。
眞拿你沒輒，只有這次喔。
喔喔！藏得剛剛好！
哇——！第一次看到紙魚子放下頭髮！
哼——吵死了！
喂，十六號和十七號呢？剛才不是在這裡嗎？
啾——
啾——
這座神社附近？嗯嗯，接下來呢？

小管——晚飯做好了嗎？
啾——啾——
媽！不要擅自叫我的管狐去掃廁所啦。
有什麼關係？反正你的管狐平常沒什麼用處……
哪有這種事？我也是……
啾——好燙！好燙——
ポピン
（叮咚——）
還、還有，也不要命令管狐煮飯啦。
咦？是誰啊？小管去開門。
不要讓管狐應門啦！
來了，誰啊？
兒子真煩

您好，請問……正一同學在嗎……？
哎呀呀！
小正——！你招惹的兩個女孩一起來找你嘍——！
啊，小栞！還有……咦？
紙魚子同學，妳把頭髮放下來啦？
嗯，有點原因……
總之，妳們先進來吧。
有耶、有耶！這裡有好多管狐啊！
眞的呢。我們也看見了。
因爲我們藏在頭髮裡呀。
啊！那隻管狐在掃地。
管狐也是各有用處嘛。

等、等一下，媽，妳太大聲了。
小正，你喜歡的是誰？這次是腳踏兩條船？還是三條船？
雖然管狐很多，但沒感應到寶物。
說不定在別的房間？
話說回來，女高中生的秀髮真香啊。
沒錯、沒錯，不但柔軟，還散發洗髮精的香味……
如果你們是打著餿主意才藏在頭髮裡，我就把你們丟出去嘍。
開、開玩笑的啦。別管這個了，快想辦法進到他的房間吧。
我想看看管同學的房間。
是、是嗎……？那就跟我來吧。
哎呀呀！她們打算一起向正一逼供嗎？還是要陷入三角關係大亂鬥了？
小管，去探查狀況。
然後放這張唱片，山口百惠的〈窮途末路〉。
啾啾

三人窮途末路的光景
我、我媽好像誤會了什麼。
好像是呢。
咦，什麼？有狐狸的氣息？真的？
她們被狐狸附身了嗎？
妳們隨意找地方坐吧。
這裡意外地沒有管狐。
也沒感應到寶物。
呃，這裡似乎沒有半隻管……
噓！我們是看不見管狐的。
咦？沒有什麼？
不，呃……對了，之前你書包裡不是有像老鼠的東西嗎？
哦，那個啊。只是寵物鼠而已。
對了，紙魚子同學很適合這個髮型。
謝了。

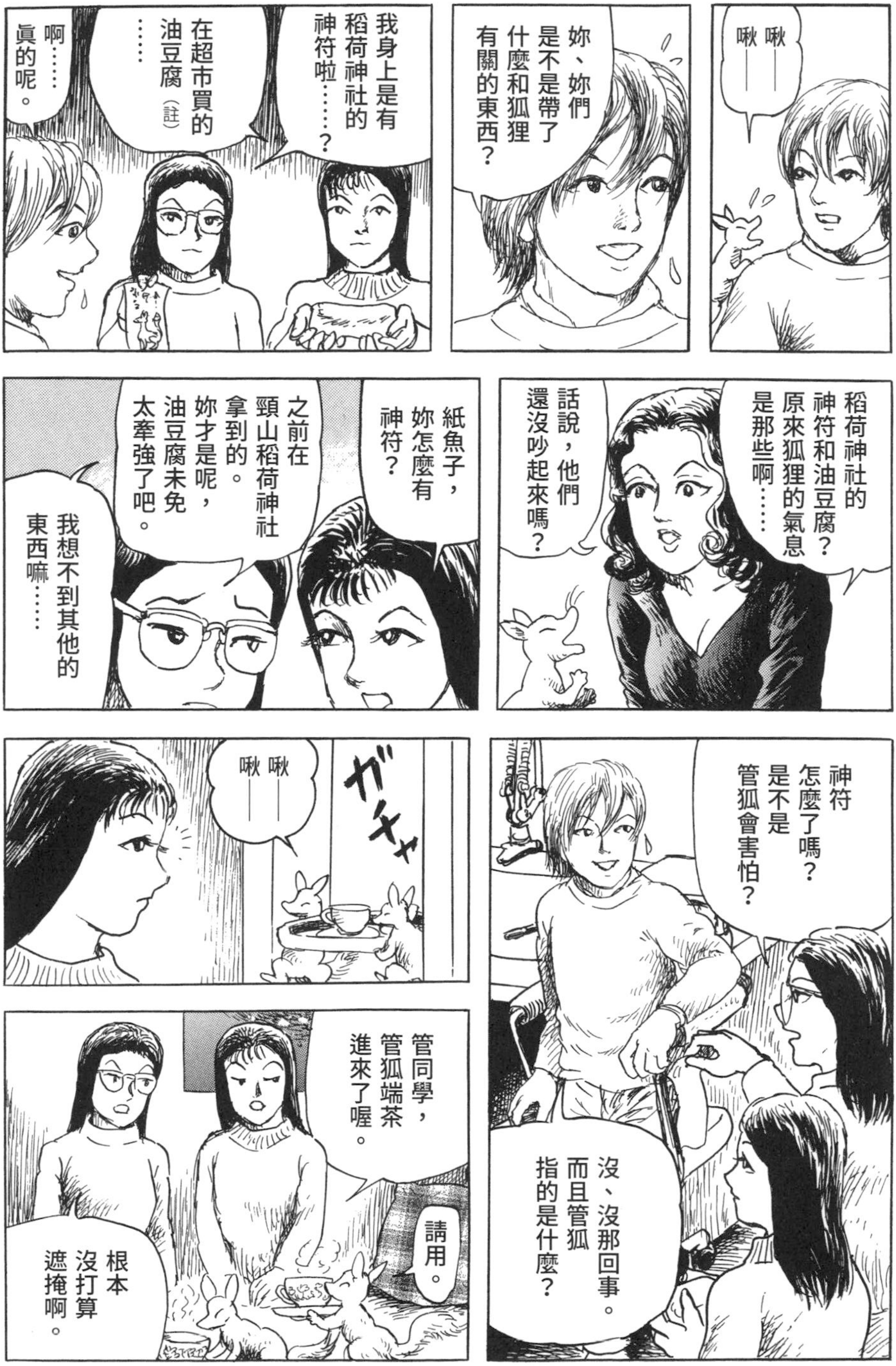

啾啾——
妳、妳們是不是帶了什麼和狐狸有關的東西？
我身上是有稻荷神社的神符啦……？
在超市買的油豆腐(註)……
啊……真的呢。
稻荷神社的神符和油豆腐？原來狐狸的氣息是那些啊……
話說，他們還沒吵起來嗎？
紙魚子，妳怎麼有神符？
之前在頸山稻荷神社拿到的。
油豆腐未免太牽強了吧。妳才是呢，
我想不到其他的東西嘛……
神符怎麼了嗎？是不是管狐會害怕？
沒、沒那回事。而且管狐指的是什麼？
ガチャ
啾啾——
管同學，管狐端茶進來了喔。
請用。
根本沒打算遮掩啊。

（註）在日本傳說中，狐狸的形象是喜歡吃油炸豆腐。

（喀恰）

啾——
トン
(咚)
嘰
噓!等一下!
牆壁上有洞耶。不是租來的公寓嗎?
現在才想藏起來,未免太遲了吧?你究竟在命令管狐做什麼事?
啾啾——
沒、沒事啦。我覺得紙魚子如果放下劉海也會很好看喔。
話說回來,你在寫什麼?那張紙是……?
啊、沒有啦,這是……
咦?地圖?
不……不是什麼特別的東西。
這是胃之頭町的地圖?到處都標有記號耶。
妳說地圖?

啊！這個是？
哇!?
這傢伙果然很可疑！
快看！我們胃之頭稻荷神社也被標記了！
眞的哪！其他地方也標上別有意圖的記號，這肯定就是用來執行犯罪計畫的地圖！
快從實招來！
自胃之頭稻荷大明神祠堂偷走祕寶的傢伙，就是你吧！
這、這些怪狐狸是什麼！牠們在說什麼!?
我沒聽過什麼祕寶啊。
小栞、紙魚子，這是怎麼回事？

不要裝傻！看我咬死這裡所有的管狐！
嘰——！
嘰——！
大家冷靜下來，不要突然開始互相殘殺，先好好談一談吧。
哎呀？從實招來、互相殘殺？眞刺激——現在的年輕人啊……
……所以說，妳們懷疑是我偷走那個祠堂的寶物？
因爲監視器拍到了管狐。
那、那應該是我派到那附近調查的管狐吧？
什麼調查？
沒有啦，就是……對、對了對了，我在確認神社之類的地點。以防不小心讓管狐惹上麻煩……
哦？讓我看看。
不行！這是商業機密！
原來如此，如果是敬畏我們稻荷神社，倒是情有可原。
但你還是沒洗清嫌疑。

畢竟管狐使者大多是做盡壞事的傢伙！
那是偏見。我們家族代代都是管狐使者，但從來沒做過天大的壞事！
……應該啦。
沒辦法完全否定呢。
不過，公寓的這一區確實沒有寶物的跡象。
說不定藏在其他地方了。這張地圖可能也是爲此繪製的……
眞是疑心病深重的狐狸呢。既然這樣，告訴我是什麼寶物，我派管狐去尋找吧？
唔……我、我不能說。
眞是的！這樣根本無法解決問題！最好快點說出來喔。
唔……知道了。那就告訴你們寶物的外形吧。手機借我，我傳圖片給你們……
我的手機信箱是不加男生好友的……
誰要和你交換手機信箱啊！
啊！收到了！

這就是稻荷神社的祕寶？
不就是塑膠盒子嗎？
寶物是故意放在不起眼的容器裡，但還是有小心上鎖。
嘰嘰——
咦？真的嗎!?
什麼？
牠說看過和這個很相似的東西。
怎麼了？
什麼！
在哪裡!?
不要急，總之去牠說的地方看看吧。
媽，我們出門一下。
沒錯，好好解決這一切！
要是敢說謊，我不會原諒你！
哎呀，看來要在外面解決。
好好解決這一切！
ワクワク

（興奮難耐）

這裡嗎？
牠說是在這附近看到的……
你在哪裡看見的？講個正確的位置！
啾——……
你眞的看到了嗎？不是糊弄我們吧？
這樣苛責牠太可憐了。你是在哪裡、怎麼看到的？慢慢回想吧。
(咻咻)
ズルズル
(咻咻)
ズルズル
？
那是在哪裡呢？
啾——？
這隻管狐說的話可信嗎……？
管狐是不是腦袋不太好？
嗯，牠們是不太聰明。

要是膽敢說謊，就把你炸成天婦羅吃掉！
總之大家在這一帶找找看吧。
沒發現類似的東西呢。
既然是偷來的東西，想必會仔細藏起來，應該沒這麼容易找到。
但只要寶物在附近，我們一定能感應到啊。
小偷可能拿到其他地方去了吧。
擴大搜索範圍吧。也到處探聽看看……
不管怎樣，今天太陽都下山了。
明天繼續找嗎？只要讓管狐去搜尋，很快就能找到。
我們再稍微找找。

對了！你們千萬要保密！絕對不能告訴別人！
後來如何？
我讓管狐去找了。妳們今天也來我家吧，可能會有什麼新發現。
—隔天
啾——啾——
啾——
到處探聽看看……
啾——？
？
？
啾——啾——？

(搖搖晃晃)

不好意思……我在找一個約莫這麼大的塑膠盒，您有看過嗎？裡面裝著狐狸的祕寶……
多多良好像又在說奇怪的話了。
她到處去問什麼塑膠盒和狐狸的寶藏。
你說胃之頭稻荷神社的狐狸祕寶？
是啊，管狐正在尋寶。
這裡有狐神嗎？我從沒遇過。
那狐狸就在股毛神社前方的稻荷神社，是個難相處的傢伙。
沒錯、沒錯，莫名地自以爲是……
——管家
打擾了。
哎呀，歡迎。
又是這兩個女孩。昨天沒有好好解決嗎？
還是說發展成3P了……呀！討厭！我眞是的……

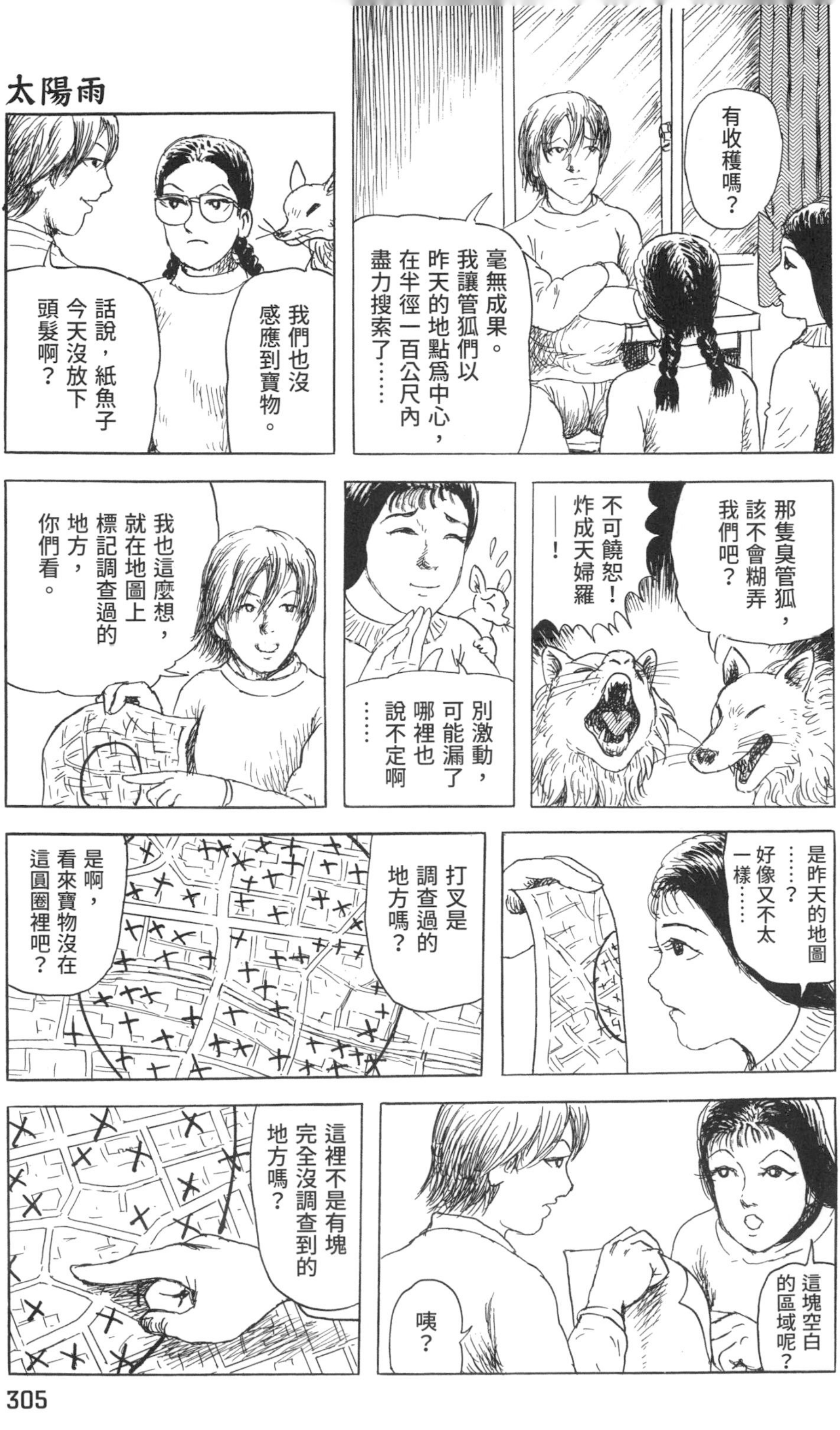
有收穫嗎？
毫無成果。我讓管狐們以昨天的地點爲中心，在半徑一百公尺內盡力搜索了……
我們也沒感應到寶物。
話說，紙魚子今天沒放下頭髮啊？
那隻臭管狐，該不會糊弄我們吧？
不可饒恕！炸成天婦羅——！
別激動，可能漏了哪裡也說不定啊……
我也這麼想，就在地圖上標記調查過的地方，你們看。
是昨天的地圖……？好像又不太一樣……
打叉是調查過的地方嗎？
是啊，看來寶物沒在這圓圈裡吧？
這塊空白的區域呢？
咦？
這裡不是有塊完全沒調查到的地方嗎？

咦……
什麼……？
這麼說來……
爲什麼沒調查這裡啊？
喂，你們怎麼了？爲什麼沒人調查那裡？
這麼一說，我竟沒察覺到，太奇怪了。
我們也想過要搜尋這一帶，但或許漏看了。
這是怎麼回事？
……該不會設有結界吧……
結界？那個嗎……？
不是那種沒用的結界，可能是眞正法力高強的結界。
如果是眞的，這地方就更加可疑了。
總之去一探究竟吧。
咦，又要出門嗎？
這次一定要好好解決一切！
哎呀！看來今天總算要解決啦。
ワクワク
（興奮難耐）

就在這附近。
在那邊的樹林裡嗎？
怎麼了？
沒、沒事……
總覺得很不想爬上這座山坡。有某種不潔淨的東西在那裡，神明最討厭不潔淨的東西了。
啾啾——
管同學呢？
我、我是沒關係啦，但管狐們似乎也不願意。
牠們說上頭有像神明般恐怖的東西……

知、知道了，我去就是。
咦──？你們說的話不是互相矛盾嗎？是要來還是不來？
哇啊！等……等一下啦。
你也一起來。
這是什麼？
我想起來了，我以前來過一次。當時想知道上面是什麼就爬上來一看，結果只是廢屋而已。之後就沒再來過了……

看來是某種祠堂……沒有匾額呢……
裡面祭祀著什麼?
啊!感應到寶物的跡象了!雖然只有一點點!就在這座祠堂裡!
眞的!?
ギィィ…
(嘰……)
啊!門打開了。
空蕩蕩的,寶物在哪裡?
也沒有神像嗎?

原本可能供奉著什麼吧，但看來現在連神職人員都沒有……
那爲什麼不拆除呢？
グラ グラ グラ
（轟隆 轟隆 轟隆）
呀啊！
（碰）
啊！門！
打不開了！
ズズズズズズ
（咻咻咻咻咻咻）
紙魚子……！
什……什麼……？

太陽雨③

出……出現了什麼東西！
妳說拆除——？
什、什、什麼？是誰!?
你、你、你就是小偷吧！
我乃本祠堂之神明——！
膽敢妄言拆除祠堂，不可饒恕——！
神明？
神明爲什麼要偷走我們稻荷神社的寶物！
你就是胃之頭稻荷神社的狐狸——？
抱歉啦——寶物我就收下嘍——
別開玩笑了！誰要給你啊！快點還來！
才不還你——！
可惡！好吧！我來找救兵！

喂——！你也來幫忙！
管狐都過來吧——！
休想得逞——！
どろろろろろ…
(轟隆隆隆隆隆……)
哇！怎麼回事!!
哇哈哈哈哈！儘管放馬過來，打破我的結界吧——！
啾——
啾——
這、這結界是怎麼回事!?
確實和一般的妖怪結界不一樣。
這就是充滿我恨意的結界——！

以前這座祠堂有許多信徒、我也被當成神明崇拜，如今成爲廢棄的神社，沒有人靠近……啊啊——好恨啊——我好恨啊——……
哈！原來是香火失傳、遭到遺棄的祠堂。這樣與其說是神明，反而更接近妖怪。
妖……妖怪嗎？
當然還沒徹底化爲妖怪，但如果放著不管，可能會開始作祟或成爲惡靈。
什……什麼妖怪——！我是正統的神明。怎麼可能變成妖怪——！
神明會偷走其他祠堂的寶物嗎？
我很羨慕嘛——！那隻狐狸明明和我一樣斷了香火，卻因爲擁有寶物而受到敬畏——
我的祠堂也想要寶物——
我……我才沒有斷了香火！
是是是——我很明白你的心情——
不……不要把我和你混爲一談！
ヒュ———
（咻——）

ヒュ
(咻——)
(咚——)
哇！怎麼了!?
呀啊！
呀啊！又來了！
有人在攻擊祠堂！
(劈哩——)
臭小偷！找到你啦！快把我的寶物還來！
啊！本尊出現了！
(咚)
要是不還來，我就炸飛這座祠堂！

ヒュルルルルル
（咻嚕嚕嚕嚕嚕）
ドカーン
（咚——）
哇啊！
住、住手！我手上有人質！他們怎樣都無所謂嗎？
那只是我的分身罷了，跟孫悟空的毛一樣，不痛不癢！
喂，太過分了！就算是分身也不想受傷啊！
我們是人類啊！別說那種自私的話嘛！
為了稻荷神社的寶物，你們就自我犧牲吧！
別……別開玩笑了！
唔……既然如此……
狐狸的祕寶化為灰燼也沒關係嗎？

哇！
那是我的……！
哇哈哈哈！
如何？
敢攻擊的話就來啊！
你這傢伙！
快還來！
咕啾！
喂！
你們也幫幫忙，
把東西搶回來啊！
咦——？
怎麼辦？
管同學，
快想想辦法！
我、我自己是不做體力活的。
你說什麼？
既然這樣，
就命令管狐幫忙啊！
如果牠們能來，
我早就呼喚了。
啾——
啾——
喔！
在這裡！
在這裡！

嘩——
打起來啦！
打起來啦！
哇！
好強大的
結界啊。
你、你們
在幹麼？
啊！
是木一！
還有股毛神社的
神主和川先生
一行人……
為什麼妖怪
大白天就聚到
這裡來!?
我從管狐那裡
聽說嘍，
你的寶物
被偷走啦？
明……
明明告誡過
要保密……
啊！
是紙魚子小姐她們。
喂——！
妳們在做什麼
——？
我們被這
妖怪關起
來了——！
快想辦法
打破結界！
才不是妖怪
我都說是神明了
——！
——！
我都不知道
這地方有神明。
是非法營業吧？
喂——
我要去向胃之頭
八幡大神告狀喔！
連本地的妖怪
都忘了你。
可惡
——！
一群混帳！

既然如此，我就來作祟！先從你們這群傢伙開始咒殺——！
這、這樣不就變成真正的妖怪了嗎？
喂——！管狐！快想想辦法！
ポーン
（碰——）
ボテッ
（咚）
（碰—— 碰——）
這個結界上方空蕩蕩的。
快把牠們丟進去！
ポーン
ポーン
ギュッ
ギュッ
（嘰）（嘰）
ボン
（砰）
哇！別亂來啊！

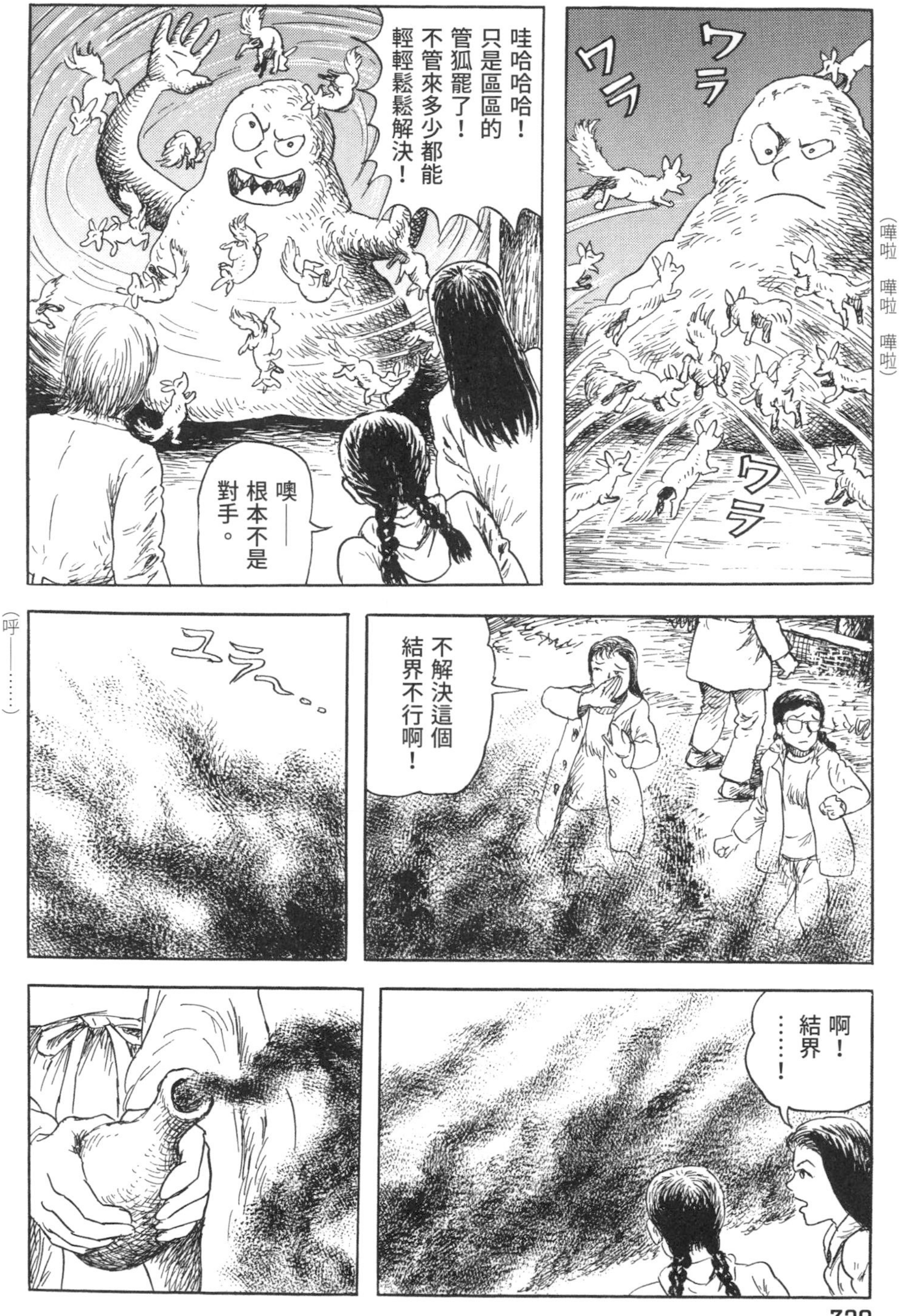
ワラ
ワラ
（嘩啦 嘩啦 嘩啦）
哇哈哈哈！只是區區的管狐罷了！不管來多少都能輕輕鬆鬆解決！
ワラ
噢——根本不是對手。
不解決這個結界不行啊！
（呼——……）
ユラ～
啊！結界……！

什……
什麼人!?
結界被吸走了！
啊！伯母！
伯母!?
喂，昆太！
噗哈！他叫昆太耶。
伯、伯母，不要公開叫我的名字啦……
爲什麼你們在這裡……？
蠢材！聽說交給你保管的我族至寶被偷走了，我們就急急忙忙趕過來啦！
不、不是的，你們搞錯了……
呃，那個……也沒有搞錯……
哇！該怎麼辦？

是、是聽誰說的……
聽誰說的？包括那邊的股毛神社神主，胃之頭町的妖怪全都知道這件事啦！
所以我們才急急忙忙從頸山稻荷神社趕過來！
明……明明叮嚀過要保密的……！
我們把寶物託付給你，是希望你藉著守護寶物多少萌生一點自覺，或許能成長爲獨當一面的神明……
現在這樣，哪有臉面對你死去的父親？
伯母，不是的，雖說是被偷走了，但那是……
晚點再聽你的藉口！當務之急是取回寶物……
喂，那邊的妖怪！吾等爲頸山稻荷神社的白狐。你偷走了吾等一族的寶物吧？勸你最好盡快歸還！

我不是妖怪！是這座祠堂的神明——！
既然如此，你是什麼神？
我……我忘記了——太久沒人祭祀，連我都忘記自己是什麼神了——！
這……眞是淒慘……
好像變得可憐起來了。
算了，總之把寶物還來吧。
不要——！我也想擁有寶物啦——！
我想要一個身爲神明的證據——
眞是聽不懂人話的傢伙！
好吧，只能靠蠻力奪回了！
來吧！我、我弄壞它喔！
哇！住、住、住手！

切勿衝動！要是做出這種事，吾等會上訴胃之頭八幡大人，請大人作出裁決！如此一來，你將會被徹底剝奪神籍！
我不在乎——！反正也沒人要祭祀我——！
不、不要自暴自棄啊。
你以前也會受到信衆尊崇祭祀吧？
搞不好將來能重現榮光啊。
嗚……嗚……沒、沒錯……我以前也曾受人崇敬，這座祠堂擠滿了信徒呢。
那是……那是……
就是這樣，就是這樣。你是什麼時候開始在這裡受到祭祀？
我……我也忘記了——
啊，對了。我當上神明後過了大約二十年，剛好戰爭結束，到處都一團混亂——
戰爭結束超過六十年啦。
這、這樣的話……？

是二十加上六十。
呃……十、二十……
然後再十、二十、三十……咦……？
我幫你拿著。
啊，謝啦。
四十、五十、六十……我想想，呃……一十二十三十……啊！是八十！我當了八十年的神明！
拿回來了！
中……中計啦——！
做得好！
喔，太好啦。我來檢查一下裡面。
ヒョイ
咻
什麼？要是寶物受到損壞就不好啦。
啊！伯母，我們回去後再……

這、這是什麼!?
這就是狐狸的祕寶？
別、別說傻話！這種東西怎麼可能是……
昆太！到底怎麼回事？這是什麼！
……弁天大人的十分之一比例模型……
爲什麼盒子裡裝的不是狐狸秘寶，而是這種東西！
呃……被偷走的其實是這個。
眞正的寶物好端端地在祠堂裡……
所以稻荷神社的寶物被偷走是騙人的嘍？
我們拚死拚活尋找的，原來是這種東西嗎!?

所以才會連
狐狸一族
都要保密啊。
這……
這是我很重要
的寶物！
是我花了
三個月完成
的傑作！
混帳東西——！
哇啊——
寶物——……
這個不是寶物，
是模型喔，
你明白嗎？
不過，總歸
是祕寶吧——？
雖然我沒去過，
但聽說祕寶館
也有展示
這類東西——
我不清楚。
是、
是這樣嗎？
那東西……
乾脆就送給那位
神明如何？
好主意。
不行——！
我才不要！
等……
等等，
有人過來了。
啊，是神明大人。
那個氣場……
咦，
神明大人？
啊！
是弁天大人！

咦，弁天大人!?
爲、爲什麼弁天大人會……
就是這裡嗎？聽說有神明起爭執……是誰啊？
是弁天大人呀！爭執順利解決了。話說，爲什麼弁天大人會降臨此地……？
妾身到八幡大人居所遊玩時，剛好遇到狐狸的信使前來報告。
因爲八幡大人喝醉……不，是身體微恙，就讓妾身來查探狀況了。
原來如此。不過遭竊的寶物已尋回，也抓到小偷了。不必勞煩弁天大人出手……
這樣啊。

即使如此，擅自懲罰神明也是不被允許的。小偷是誰？
哎呀？你不是這座祠堂的石神嗎？爲什麼偷竊他人的寶物？
嗚哇——！弁天大人——！
因爲沒有人祭拜我——我想說只要有寶物，就能重新吸引信徒回來嘛——！
石神……嗎？
沒錯。嘿！現出原形。
（哐）
啊！眞的耶！只是一顆石頭。
但中間有個人臉的形狀。
一百八十年前左右，有人發現這顆石頭很稀有，便建了小小的祠堂祭拜。

不知不覺間，前來祭拜的信徒越來越多，祠堂也變得氣派起來……
雖說本來只是顆石頭，但長時間受到人們膜拜祈禱，百年後便成了眞正的神明。
那爲什麼又沒人祭拜了呢？
可能是膩了吧？剛出道的新進神明經常如此。
就是所謂的新興神明。尤其在江戶時代等時期，常有信衆群起祭拜無名小神，但很快又拋諸腦後。
不過，畢竟好歹是尊神明，妾身就向八幡大神進言，請祂建一座符合你名分的小祠堂吧。
對了，遭竊的寶物沒事嗎？是什麼東西？
感激不盡——！
是……是的……寶物並無大礙，弁天大人不需再爲此操心……

弁天大人！就是這個！這好像就是寶物！
啊！
サッ
(唰)
哪個？拿過來讓妾身瞧瞧。
別呀，不是什麼值得弁天大人過目的東西……
什麼啊？盒子真隨便。妾身看看……
パカッ
(喀噠)

弁天大人氣到不行呢。
嗚嗚……明明江之島的裸弁天也很像模型啊……爲什麼我的就不行……
被没收了
是肖像權的問題吧？
連我們都被潑了一身水。
哎呀，這不是正一嗎？
啊，媽！妳在做什麼？
出來買東西呀。我對這一帶還不熟，就借用你桌上的地圖了。
啊，那張地圖！
看家的小管都告訴我嘍——！
聽說你命令小管去尋找路上可愛的女孩？眞是用功哪——！
噓！噓！不要說出來……

噢……原來是那種地圖。
那胃之頭稻荷神社的標記是……？
牠說剛好撞見我在躲雨，之前沒看過我就回報了……
啾——
啾——
和栞變熟了
哈哈哈……不是啦，我媽喜歡開玩笑……
不過，這樣妳們就明白了吧？我們家不會用管狐來做壞事。
咦，那不是你爸嗎？
咦？
怎麼回事？有個男的領著一堆管狐、小跳步往這裡走來了。
管同學的爸爸？
爸，你在做什麼？
喔——！是正一啊！孩子的媽也在。你們兩個怎麼在這裡？
我出來買東西。你才是呢，沒在工作嗎？
喔——對啦、對啦！我工作得很順利，正要回家。

對面有座稻荷神社。聽說它破破爛爛的，卻藏有寶物，我便跑去一探究竟。
剛好狐狸都不在，我就輕輕鬆鬆把寶物帶回來啦！哈哈哈！
爸……爸……
嗯……？這些人是……？
站住——！
小偷！把寶物還來！
對了、對了！你們解決一切了嗎？是怎麼解決的啊？
沒有什麼解決啦。

太陽雨♣完

新作單篇漫畫

編註：本篇原文台詞和擬聲詞爲日文的回文，但爲求讓讀者理解劇情，依照原文翻譯。並將原文台詞及羅馬拼音放置於346頁，供讀者參考。

信。
狐狸寄
ガッ
握
混蛋！
……不小心就
既然妳們都來了……
巫女？
抽吧！
好！
女僕裝
裸
好弱！
クス
嘻

當巫女的打工？
有螃蟹喔。
好閒啊。
驅邪三〇〇〇
神符一〇〇〇
御守五〇〇
繪馬三〇〇
你在做什麼？
大、大、大功告成！
白狐大稻荷
哇！

原來是紙板啊？
只有賽錢箱是眞的……
收藏品
血！
唔……！

又是這女人！
（撞！）
好強的頭槌……
（扯！）
頭髮。

金幣……
眞是悲慘。
在旁邊？
我……我的香油錢……！
哈哈哈！
毫無勝算……
去死吧！
嗚……

別得寸進尺了！
火鍋？
白狐大

打工費
太少了吧？
扣掉餐費。
報仇……
那女人……
絕對要讓她受天譴！
Z Z Z
被騙了！
睡得真熟。
是國家級重要財產！
國寶指定
弁天大人2號

狐狸一覺好眠♣完

出處一覽

是乃夫人的茶……Nemuki★2002年7月號
水井中詠唱之魚……Nemuki★2002年11月號
魔法……Nemuki★2003年3月號
妖怪圖書管理員……Nemuki★2006年11月號
栞與紙魚子物怪錄……Nemuki★2007年1月號、3月號
弁財天生氣了！……Nemuki★2007年5月號
桃太郎的復仇……Nemuki★2007年7月號
百物語……Nemuki★2007年9月號
管同學之亂……Nemuki★2007年11月號
太陽雨①……Nemuki★2008年1月號
太陽雨②……Nemuki★2008年3月號
太陽雨③……Nemuki★2008年5月號

NAZOMAN 17

栞與紙魚子 4

原著書名／新装版栞と紙魚子4　作　者／諸星大二郎
原出版社／朝日新聞出版　翻　譯／丁安品
編輯總監／劉麗真　責任編輯／陳盈竹

榮譽社長／詹宏志
事業群總經理／謝至平
發 行 人／何飛鵬
出 版 社／獨步文化
城邦文化事業股份有限公司
115台北市南港區昆陽街16號4樓
電話：(02) 2500-7696　傳真：(02) 2500-1967
發　　行／英屬蓋曼群島商家庭傳媒股份有限公司
城邦分公司
115台北市南港區昆陽街16號8樓
網　　址／www.cite.com.tw
讀者服務專線／(02) 2500-7718；2500-7719
服 務 時 間／週一至週五　09：30～12：00
13：30～17：00
24小時傳真服務／(02) 2500-1900；2500-1991
讀者服務信箱E-mail／service@readingclub.com.tw
劃撥帳號／19863813
戶　　名／書虫股份有限公司
香港發行所／城邦（香港）出版集團有限公司
香港九龍土瓜灣土瓜灣道86號順聯工業大廈6樓A室
電話：(852) 2508-6231　傳真：(852) 2578-9337
馬新發行所／城邦（馬新）出版集團　Cite (M) Sdn Bhd
41, Jalan Radin Anum, Bandar Baru Sri Petaling,
57000 Kuala Lumpur, Malaysia.
Tel: (603) 90578822　Fax: (603) 90576622
email:cite@cite.com.my

封面設計／鄭婷之
印　　刷／漾格科技股份有限公司
排　　版／傅婉琪
□2022年9月初版
□2024年5月7日初版4刷
售價420元

ISBN：978-626-7073-78-0
ISBN：978-626-7073-79-7(EPUB)

原文台詞與羅馬拼音

335頁

段差（だんさ）！
dansa！

いざ来（き）て！
iza kite！

かっこいい
kakkoii

キツネ！
kitsune！

誰（たれ）さまだ
tare sama da

336頁

レタア
re ta a

ガッ
gatt

ばか！
baka！

つい
tsu i

まあきたか……
Ma a kitaka……

巫女（みこ）？
miko?

引（ひ）く！
hiku！

よし！
yoshi！

弱（よわ）いな
yowai na

337頁

巫女（みこ）になるバイト？
miko ni naru baito？

カニな
kani na

ヒマ
hima

なにしてんの？
nani shiteno？

かか完成（かんせい）さ！
ka ka kansei sa！

おお！
o o！

338頁

書（か）き割（わ）りなん？
kaki wari nan？

さいせん箱（ばこ）だけ……
saisen bako dake ……

血（ち）
chi

ぶ……！
bu……!

339頁

またあいつかい！
mata aitsu kai！

ガ！
ga！

いかつい頭（あたま）……
ikatsui atama ……

ブチ！
bu chi！

毛（け）だ
ke da

340頁

小判（こばん）……
Koban ……

凄惨（せいきん）なり
seikin nari

脇（わき）か
waki ka

お……おさいせん……！
o……osaisen……！

かかか
ka ka ka

飲（の）んで……
nonde……

死（し）にな！
shi ni na！

マヒ……
hima……

341頁

なにかといばるな！
nanika to ibaru na！

煮（に）込（こ）み？
nikomi？

342頁

少（すく）ないわよ
suku nai wa yo

食費（しょくひ）込（こ）み
shokuhi komi

仇（かたき）……
kataki……

女（あま）……
ama……

いつか罰（ばつ）があたれ
itsuka batsu ga atare

だまされた！
dama sareta！

寝（ね）つきいい
netsuki ii

国家（こっか）的（てき）
財産（ざいさん）だ！
kokkateki zaisan da！

↑請從最後一句開始從右至左、從下往上念一次，便可發現原文台詞倒著念回去，就是故事一開始的台詞。